Tout ira bien…

Sandra Pastor

Tout ira bien…

Roman

LE LYS BLEU
ÉDITIONS

ISBN : 979-10-377-8480-3

« Cours, cours ! se répétait Laura, ici je ne suis pas en sécurité. »

Alors que ses petits pieds trébuchaient sur chaque obstacle rencontré, ses jambes ne faiblissaient pas et elle courait, égarée… Toujours courir, retrouver Maman…

Cela faisait une éternité qu'elle était perdue…

Laura était une petite fille d'ordinaire sage et obéissante, la blondeur de ses cheveux adoucissait un regard brun où flamboyait une intelligente détermination ; et du haut de ses six ans, on entrevoyait déjà la future femme sensible et forte à la fois.

« Où es-tu Papa ? J'ai besoin de toi, j'ai peur, il fait tout noir, j'ai peur qu'un monstre m'attaque… Oh non, papa, j'ai les yeux qui pleurent… »

L'obscurité était telle, que Laura sentait le froid l'envahir petit à petit, et malgré sa course effrénée, son petit corps essoufflé était frigorifié et grelottant.

« Quelles sont ces ombres, autour de moi ? Des arbres ? Où es-tu Maman ? Je n'aurais jamais dû m'éloigner de toi ! »

Sentant ses forces faiblir, la petite Laura décida de ralentir… puis de marcher.

« Je n'ai pas peur, je n'ai pas peur, ce sont des arbres ; bientôt, j'atteindrai la ville, je sortirai de cette forêt où je me suis perdue en lâchant la main de Maman et je pourrai demander à un adulte de m'aider. »

Le froid était vif, la fillette était prise de frissons terribles et peinait à progresser… Les larmes déferlaient sur ses joues, seul réconfort de chaleur… Les bras croisés sur la poitrine, un fin chandail et un jean comme vêtements, le visage baissé, les cheveux longs tombant sur ses menues épaules, elle continuait à avancer… et à espérer.

Elle avait passé de nombreuses heures seule, égarée dans l'obscurité de la nuit, sous un ciel sans lune, sans étoiles et son regard restait pourtant vif et vaillant, héritage de son père…

Avez-vous remarqué, ami lecteur, qu'il y a des matins où tout semble débuter paisiblement, où l'âme est légère, en harmonie avec ce qui l'entoure, des matins où la volonté est belle, où les projets se forment, se concrétisent naturellement.

Matins pleins de promesses pour la journée à venir, pleins de sourires et de possibles, les avez-vous vécus ? Je vous le souhaite…

Ce jour-là, je me trouvais dans cet état de grâce, un café au lait entre les mains, le regard contemplant avec gratitude le joli panorama se présentant à la fenêtre ouverte : un vieux saule-pleureur caressant l'étang du parc, ses branches larmoyantes ondulaient légèrement, effleurant l'eau qui lui répondait d'un frémissement… Une symphonie de chants d'oiseaux accompagnait ce tableau merveilleux. Rien ne pouvait ternir ce si beau début de journée, le soleil faisait déjà sa sortie, sûr de lui, imposant, il reflétait sa lumière sur l'étang, qui était devenu miroir… Mes yeux se fermèrent, éblouis, et un sourire de plénitude éclaira mon visage.

La journée se présentait sous ses meilleurs auspices, rien ne pouvait l'altérer, si ce n'est ce corbeau lugubre qui vint se poser maladroitement à la fenêtre et pousser son cri fracassant !

J'étais en joie, j'avais 35 ans, je me sentais accomplie, j'avais enfin compris qui j'étais et ce à quoi j'aspirais… Ah, 35 ans… un très bel âge, une seconde jeunesse, qui se veut avisée et sage, une jeunesse qui grandit l'âme ; le corps est vigoureux et l'esprit augmente en puissance, c'est l'âge de toutes les possibilités et de la renaissance à la vie. C'est un âge transitionnel et toutes les transitions sont de magnifiques manifestations de la nature, vous ne trouvez pas ?

Étais-je la même qu'à 20 ans ? Certainement pas… La jeune fille de 20 ans n'existait plus, j'avais beaucoup d'estime pour elle et d'indulgence pour ses mauvais choix mais elle n'existait plus…

Un passage à la salle de bains pour me rafraîchir et enfiler jean, blouse brodée et sandales, une brume de mon parfum préféré, du crayon noir pour souligner ce regard féminin et les cheveux ramassés en queue de cheval, il était temps d'y aller…

Mon manuscrit sous le bras, je quittai mon appartement du parc Monceau pour aller vers ma destinée.

Le corbeau s'était envolé, sans doute pour se poser sur d'autres fenêtres et assombrir d'autres destins…

Je filai vers mon rendez-vous avec assurance, c'était sans aucun doute l'une des plus belles journées de ma vie : une maison d'édition proche de mon quartier avait aimé mon recueil d'histoires pour enfants et souhaitait l'éditer et en proposer dans les bibliothèques scolaires.

J'étais enfin récompensée pour mon travail acharné de plusieurs années : employée le jour, écrivaine la nuit. Le jour, j'exécutais les tâches qui m'incombent avec application et sérieux et certaines nuits, je vivais, j'étais moi, je prenais un plaisir infini à fabriquer des histoires farfelues, drôles, cocasses, quelquefois un peu tristes ou effrayantes, à partir d'éléments piochés dans mes souvenirs d'enfance et enveloppée d'un arôme de café chaud qui diffusait sa puissance jusqu'à plus de minuit.

Ils étaient là, mes « bébés », mes belles histoires, là, sous mon bras et elles plaisaient… enfin ! Elles allaient être révélées au grand jour, elles allaient briller et sortir de leur timide manuscrit.

Elles allaient même reprendre vie dans le cœur et l'imagination de leurs jeunes lecteurs.

La joie qui portait mes pas était indescriptible, les doux rayons du soleil se reflétaient sur ma chevelure et quelques mèches dorées volaient librement. Dans l'air, je percevais des effluves alléchants de boulangerie mêlés aux parfums floraux des arbres environnants, un gentil affairement se mettait en place dans la ville et j'embrassais de l'âme cette douce agitation. Il me semblait que tout m'appartenait et que j'avançais dans mon royaume vers la gloire…

Et pourtant, j'étais bien loin du compte, si vous saviez… Comment aurais-je pu deviner ou simplement concevoir la suite inattendue de mon destin ? J'étais pourtant exercée en matière d'imagination, mon esprit était large, je fourmillais d'idées originales, la nuit, à ma table d'écriture ; mais je n'aurais jamais conçu la suite terrible de mon aventure.

Nous allons y venir, tragiquement, indéniablement, cher lecteur, gardons le pire ou le meilleur pour la fin et retournons à cette si belle journée.

Enfin, j'arrivai à l'adresse indiquée, la ville se réveillait complètement au rythme de la circulation grandissante et bruyante, je levai les yeux : une pierre de taille grisée, de jolis balcons et ornements aux fenêtres du deuxième… « Éditions Trois Pommes, rez-de-chaussée, porte droite ; veuillez sonner à l'interphone. » Ce que je fis, le signal sonore m'indiqua que la lourde porte était déverrouillée, je la poussai tout en enjambant son pas.

Lorsqu'elle se referma derrière moi, je me retrouvai en un instant plongée dans l'obscurité et le silence et je pus alors percevoir cette fraîcheur de pierre noble qui diffusait dans l'atmosphère sa douce humidité.

« Où se trouve la porte ? pensai-je… À droite ? »

Je cherchai à tâtons un interrupteur ; la luminosité avait été si forte à l'extérieur que je ne voyais absolument rien, j'essayai de forcer mes pupilles à s'adapter rapidement, je fermai et rouvris les yeux à maintes reprises : rien à faire, je ne distinguais ni les portes, ni les murs, rien !

« Il va bien falloir que je trouve un interrupteur… Mon portable ! Il va m'éclairer, mais… Où est-il ? Je l'avais pourtant chargé ce matin, près de la cafetière et… Oh zut alors, quelle idiote, je l'ai laissé en charge sur le comptoir de la cuisine ! »

Je me résignai à avancer à l'aveuglette, une main tenant mon manuscrit et mon sac contre moi, et l'autre en avant, prudemment, cherchant du bout des doigts une porte, un mur…

J'étais frappée par l'isolation phonique de ces illustres bâtisses, il n'y avait pas un son, si ce n'est qu'un lointain vrombissement venant de l'extérieur… Jolie amélioration architecturale apportée par Napoléon III avec le Baron Haussmann à la ville de Paris, dans les années 1860 : de somptueux immeubles et le désir aussi de moderniser la politique urbaine.

Surnommé « le Sphinx », pour son attitude mystérieuse, des yeux bleus exprimant une grande bonté et sa petite taille, Louis Napoléon était un homme plein de ressources et d'ingéniosité : saviez-vous qu'en 1846, il réussit à s'évader de la forteresse de Ham (condamné à perpétuité pour tentative de coup d'État en 1840) et que son évasion fut digne d'un roman ? Il profita de travaux de rénovation de sa cellule pour s'enfuir : il se déguisa en ouvrier et franchit tranquillement les portes de la prison en portant une grande planche sur son épaule pour cacher son visage !

D'ailleurs, c'était un grand travailleur, ce Napoléon III, il passait…

« À BIENTÔT ! »

J'eus un tel sursaut lorsque la porte en face de moi s'ouvrit brutalement et que ce « à bientôt » retentit sans prévenir, que je laissai échapper mon manuscrit ; il tomba avec fracas tandis que mon cœur, affolé, battait la chamade…

« Oh pardon, je ne voulais pas vous faire peur, je suis désolé, laissez-moi vous aider. »

Mes yeux s'habituaient à la lumière qui venait d'être mise, il s'était accroupi, il ramassait mon fichier d'un air désolé, je ne vis que son regard, tout le reste semblait ne pas exister… Je ne vis que son regard doux et bienveillant… De quelle couleur étaient ses yeux ? Je ne le savais pas ; je vous dis que je ne vis que son regard, et que la bonté empreinte en eux balayait tout le reste…

J'avais côtoyé des hommes, bien entendu, tout au long de ma vie ; amis, famille, collègues, prétendants, et bien sûr… Jeff.

Aucun de ces hommes ne possédait un tel regard, si enveloppant, pénétrant et d'une grande douceur… Je passais de la stupeur à l'hébétement.

« Ce n'est pas grave, merci ! » fut ma réplique timide et précipitée.

Il me tendit le manuscrit que je saisis tellement maladroitement qu'il faillit m'échapper à nouveau, je n'osais lever les yeux vers ce regard incroyable, pourtant, il le fallait bien, allons, étais-je encore une enfant ? Mes yeux gravirent ses épaules, son visage, puis, furtivement, son regard, pendant que je balbutiai un « merci » ou un « bonne journée », je ne sais plus !

De nouveau, cette douceur me saisit ; était-ce un coup de foudre ? Je ne sais pas, comment fait-on pour reconnaître un coup de foudre ? J'en avais vu au cinéma, j'en avais entendu parler, j'en avais imaginé dans mes rêveries et même dans mes contes pour enfants, mais, est-ce que j'en avais vécu ?

Un coup de foudre, c'est lorsque le cœur bat la chamade à la vue d'un être spécial, c'est une grande attirance soudaine ; mon cœur battait la chamade, certes, mais c'est surtout parce qu'il avait eu la frayeur de sa vie ! Je ne peux pas dire que j'avais ressenti de l'attirance, d'ailleurs, j'étais incapable de décrire cet homme : je n'avais vu qu'un regard terriblement affable !

Pas un coup de foudre, mais…

Un coup de bienveillance ? Un coup de douceur ? Un coup de bonté ?

Voilà ce que j'avais vraisemblablement vécu.

Les jours qui suivirent s'écoulèrent paisiblement ; j'étais redevenue un « animal diurne » et je redormais la nuit après mes journées de travail.

Mes ouvrages s'imprimant et se diffusant progressivement, un contrat satisfaisant signé avec la Maison d'Édition, je m'octroyais une pause dans l'écriture et savourais pleinement mes soirées de repos… enfin, de repos agité.

Cet inconnu au regard si gentil, croisé dans l'obscurité d'un immeuble du 8e arrondissement de Paris, qui était-ce ? Je ne me souvenais plus de comment nous nous étions quittés, de son départ, j'étais probablement perturbée ce jour-là… Quelle imbécile, j'aurais pu demander à la responsable de l'édition ; elle le connaissait forcément puisqu'il lui avait lancé un « à bientôt ! »

Mais non, voyons ! Comment lui aurais-je amené la chose ? « Bonjour, qui est cet homme charmant qui vient de sortir ? » : elle m'aurait prise pour une folle et ce n'était pas très fin de ma part ; je venais pour négocier et signer un contrat, il fallait que je sois crédible et concentrée ! J'avais eu raison de ne pas le mentionner. Oui, mais… Je ne le reverrai plus jamais, dommage.

Les journées se succédèrent, sereinement, et elles se ressemblèrent jusqu'à ce fameux soir où tout bascula. Cher lecteur, je vous avais dit que le pire allait peut-être arriver, je ne vous avais pas menti…

Il faisait chaud, une moiteur s'était emparée sans vergogne de l'atmosphère ; la chaleur du mois d'août était à son apogée… C'était le moment du soir où les murs et bâtiments, après avoir été gorgés de soleil toute la journée, semblent vouloir s'en défaire en recrachant le surplus de feu. ; le moment du soir où les arbres sont immobiles, la nature figée, pas le moindre souffle d'air.

Dans l'immeuble et dans la rue, tout était également plus calme ; la nature a cela de puissant qu'elle parvient à mettre tout le monde au diapason ; c'est elle qui règne et nous ne sommes finalement que des sous-fifres !

Vous ai-je dit que j'habitais un charmant appartement attenant au parc Monceau ? C'était mon nid, j'y étais bien. Un nid de 200 mètres carrés dans lequel toute mon existence s'étalait ; souvenirs, reliques, meubles hérités ou récupérés dans la famille, des livres… certains sagement endormis à leur place dans la bibliothèque de style napoléon III, et d'autres, rebelles, vivants, ci ou là au gré de mes lectures et recherches. Il y avait également la petite bibliothèque vitrée, accolée à la grande, qui contenait toute la section « enfance » ; mes « bébés » y babillaient silencieusement dans leur manuscrit, à l'instar de « Riquiqui la fourmi » ou « Gaston le Hérisson » et de bien d'autres animaux et insectes cocasses qui étaient nés de mes explorations de petite fille. Ils chuchotaient inlassablement des histoires à dormir debout, tandis que près d'eux trônaient, solennellement, les merveilleux contes des frères Grimm et de Perrault, fièrement habillés de leurs reliures de cuir.

Ma vie avait débuté tragiquement, comme certains contes de fées d'ailleurs…

J'avais perdu mes parents dans l'enfance, il était difficile pour ma mémoire de m'y replonger car cela produisait à chaque fois un désespoir terrible dans tout mon être qui, impuissant, se mettait à grelotter de froid et de solitude… Coup dur à un âge si tendre, j'étais passée d'une enfant innocente et insouciante à une enfant de raison sans joie, sans voix… Oui, sans voix.

À la perte de mes deux piliers, je perdis l'usage de la parole pendant deux ans.

J'ai quelques bribes de souvenirs qui remontent de temps en temps, des visions, des odeurs aussi. Également quelques remontées éparses de deux années d'un deuil trop lourd. Ma grand-tante Marie me recueillit ici, chez nous, à l'appartement du parc Monceau ; j'en devins l'héritière. Ce bel appartement aux parquets de chêne et hauts plafonds blancs moulurés était mon joyau ; pour rien au monde, je n'aurais voulu le vendre, c'était ce qu'il me restait de mes parents, vous comprenez ? Sa valeur pécuniaire m'importait peu. Ma maman l'avait hérité de Papi Joseph. J'y avais passé les six premières années de ma vie, les plus belles, ponctuées de câlins, d'amour, de rires, Maman s'occupait du foyer, Papa était sapeur-pompier à la Brigade de Paris : il était beau dans sa tenue bleu marine.

Cela remonte à loin mais je me souviens qu'un casque hérité dans la famille brillait sur un meuble à l'entrée de l'appartement et que j'observais mon reflet déformé dedans ; les effluves du potage que préparait Maman à la cuisine parvenaient jusque-là et, d'un coup, sans prévenir, alors que je tordais magistralement ma bouche pour paraître encore plus déformée dans le reflet, le visage de Papa apparaissait dans le casque avec une grimace d'une singerie inimitable. S'en suivait une course poursuite le long de la galerie de l'entrée jusqu'au living-room et c'était toujours moi qui gagnais ! Souvenirs bénis…

Quelquefois, Maman semblait soucieuse, elle écoutait les informations télévisées et la radio en même temps. Quand le téléphone fixe sonnait plus tard dans la soirée, c'était Papa qui était au bout du fil et qui avait terminé sa mission, elle semblait alors apaisée et me caressait d'un sourire angélique ; moi qui étais sortie de mon lit, pieds nus, mon lapin doudou contre moi, sentant l'inquiétude latente… Doux souvenirs précieux…

Tatie Marie fit tout ce qu'elle put pour que je m'en sorte, et pourtant elle était elle-même âgée et pleine de douleurs articulaires ; c'était une femme brave, fidèle, loyale, dévouée, maternelle, bien qu'elle n'ait jamais eu d'enfants. Son mari l'avait quittée seulement trois ans après leur mariage, sans raison apparente, et elle ne refit jamais sa vie. Était-elle restée secrètement toutes ces années espérant le retour de son mari ? Nous ne le sûmes jamais ; à ceux qui la questionnaient plus ou moins directement à ce sujet elle donnait cette sempiternelle réponse : « Les jours se suivent et se ressemblent, c'est la vie ».

À la mort de mes parents, je n'avais qu'elle, elle vendit sa maison en région parisienne et vint s'installer avec moi, consacrant ses économies à me faire la vie douce et à me maintenir dans le cocon du parc Monceau : ma Tatie adorée…

Je sentais que je pouvais parler si j'en avais envie, mais il y avait un blocage dans ma gorge ; le regard inquiet de ma grand-tante m'attristait ; elle m'emmena de médecin en médecin, en passant par l'orthophoniste, le psychologue et même le neurologue ; tous ces professionnels me parlaient de choses que je n'avais pas envie d'entendre et me demandaient de faire d'autres choses complètement stupides à mon sens… Je réussis malgré tout à continuer ma scolarité sans encombre pendant ces deux années de mutisme… J'étais silencieuse mais il y avait un vacarme fou à l'intérieur de moi ; jour et nuit ; comme mille voix en même temps qui jacassaient et ne me laissaient pas tranquille. Je n'ai aucun souvenir du jour de l'enterrement de mes parents, c'est vraiment bizarre, m'avait-on droguée ? Je me souviens juste avoir déposé mon doudou sur la tombe de Maman pour qu'elle soit rassurée… et encore, je ne suis pas sûre de ce souvenir, était-ce un rêve ? Et où était mon doudou lapin, d'ailleurs ?

Le soir, quand elle me bordait, elle me disait de sa voix fluette et un peu cassée : « Ne t'inquiète pas ma chérie, tu n'es pas obligée de parler, mais vois comme tu es aimée, tu es comme mon enfant et je prendrai toujours soin de toi. » Ces paroles adorables me faisaient terriblement mal, Tante Marie ne le sut jamais, mais je détestais qu'elle me dise « tu es comme mon enfant » ; c'était insupportable à entendre et en même temps j'avais envie de me jeter dans ses bras rassurants et bienveillants… Brave Tatie…

Un jour, pour son plus grand bonheur, je me remis à parler, avec un élément déclencheur assez particulier que je vous décrirai plus tard, revenons à cette chaude soirée d'été et à d'autres souvenirs, si vous le voulez bien.

Les fenêtres ouvertes ne laissaient pas entrer d'air ce soir-là, c'était vraiment étouffant. Je décidai de faire couler un bain tiède avec des pétales parfumés à la rose, mes préférées, la rose comme le parfum de Maman… La fraîcheur de l'eau me fit un bien fou, enfin je respirais ! J'avais pris soin de me préparer un plateau, gourmande que je suis, avec un sandwich à la dinde froide et salade croquante, quelques morceaux de fromage, des abricots, des fraises et un grand verre de limonade glacée ; tout ceci posé sur une chaise près de la baignoire, je n'avais qu'à tendre le bras pour piocher et déguster tranquillement. J'étais dans la fraîcheur et je me régalais…

Mon esprit fit un parallèle avec un souvenir similaire, les mêmes sensations… C'était trois ans auparavant : nous étions, Jeff et moi dans la piscine fraîche d'un hôtel luxueux de Turquie, la chaleur et moiteur de l'atmosphère étaient si étouffantes que nous avions passé des heures dans l'eau à se rafraîchir et jouer comme des enfants. Nous avions alors commandé des plateaux-repas que l'on nous avait déposés au bord de l'eau : nous n'avions qu'à tendre le bras pour nous servir… Nous mangions, nagions et nous embrassions à loisir, il n'y avait que nous dans la piscine.

Mon cœur se serra… Jeff, comme tu me manques…

Je t'avais rencontré en sortant du travail, tout simplement à l'arrêt de bus que j'utilisais ; usagers de la même ligne, le destin nous avait réunis ; les rames de bus, métro et tramway sont souvent de redoutables entremetteuses ! Nous avions commencé une conversation faite de banalités, du temps, de la politique, de nos emplois respectifs, puis nous étions montés ensemble dans le bus et avions continué naturellement cette conversation, le trajet durant plus d'une demi-heure nous avions pu aborder plusieurs thèmes… Tu m'avais, entre autres, confié : « Tout ce à quoi j'aspire, dans la vie, c'est vivre paisiblement, entouré d'une famille et si possible à la campagne. » Cette gentille phrase accompagnait un visage carré et doux, de grands yeux noirs d'une mystérieuse profondeur, un nez aquilin, des cheveux de jais, un teint très légèrement hâlé et des mouvements accompagnés d'un parfum de bois de santal. Devinant sans doute que tu m'intriguais, tu me demandas, au moment où je m'apprêtais à descendre à mon arrêt :

« Devine de quelle origine je suis…

— Italien ?

— Non…

— Espagnol ?

— Non…

— Portugais ?

— Non…

— Maghrébin ?

— Non… »

Comme je ne trouvais pas et que cette fois-ci je descendais du bus, tu me lanças : « Macédonien ! »

Le bus redémarrait, j'étais sur le trottoir et je rendis son sourire au gentil Macédonien qui me faisait un signe d'au revoir à travers la vitre de l'engin.

Macédonien… ça alors ! Je ne connaissais rien à la Macédoine, à part la macédoine de légumes ! Les jours qui suivirent, je me documentai sur ce fascinant territoire, ancien empire d'Alexandre le Grand, mélange de cultures et couleurs turques, tsiganes, albanaises, grecques, bulgares, serbes, République revendiquée par une multitude de peuples et religions tout au long de son histoire. Les encyclopédies et atlas entreposés au plus haut de ma bibliothèque furent les meilleurs professeurs pour combler mes lacunes historiques et géographiques les soirs qui suivirent cette rencontre…

J'étais une voyageuse introspective, spirituelle et littéraire, j'avais appris à vagabonder sur la planète entière et plus loin encore à travers mes voyages de lectures ; très jeune j'avais parcouru Jules Verne, la Comtesse de Ségur, les sœurs Brontë, puis une grande partie des auteurs classiques du 18ᵉ et 19ᵉ siècles ; mes préférés étant Balzac, Maupassant, Camus, Hugo, Madame de La Fayette, Madame de Sévigné, Chateaubriand, Stendhal et d'autres, plus modernes, qui m'avaient vraiment tenue en haleine soir après soir, comme Mary Higgins Clark ou encore Stephen King, Agatha Christie et d'autres qu'il serait trop long de citer.

Toi, tu m'appris à m'évader concrètement et physiquement, tu étais un féru de voyages et avec toi, je laissais de côté mes livres pour explorer notre planète Terre, si riche, si diverse ; l'Espagne, le Portugal, l'Italie, la Grande-Bretagne, la Tunisie, le Maroc, la Turquie, Cuba, la République Dominicaine, la Thaïlande, les Balkans et bien sûr la Macédoine où résidait une bonne partie de ta famille. Je t'en serai toujours reconnaissante, tu m'ouvris au Monde, ce que je n'aurais sans doute pas fait seule. Tu étais né en France, en région parisienne, tes parents tenaient une blanchisserie, ton père, assez âgé et malade, mourut quelques années avant notre rencontre. Ta maman, courageuse et dynamique, continua le labeur seule et refit sa vie. La vie en Macédoine te plaisait beaucoup ; les coutumes, la famille ; depuis le décès de ton père, tu étais encore plus attaché à ton pays d'origine, dernier lien puissant et éternel qu'il te restait. Il est vrai que ta famille était extrêmement chaleureuse, en Macédoine, nous séjournâmes deux semaines chez un oncle paternel, à la Montagne, dans des conditions de vie assez rudes mais un foyer si empli d'amour… Ces braves gens vivaient de la pêche au lac, de quelques brebis, du potager et de la ruche. Chaque matin, ils se levaient (l'oncle et sa femme) pour une dure journée de labeur et chaque matin ils avaient le sourire, je ne comprenais pas leur langue, mais je sentais l'authenticité et la bienveillance chez eux ; ils n'avaient pas grand-chose, leurs mains et visages étaient poussiéreux du travail accompli de l'aube jusqu'au soir. Je fus malgré tout reçue comme une reine, la brave tante s'occupait également d'un autre oncle aveugle qu'ils avaient recueilli chez eux ; elle lui préparait ses repas et lui faisait sa chambre chaque jour. Elle nous préparait un café turc (avec le marc au fond) chaque matin, qu'elle nous servait dans un plateau avec un « borëk » (un feuilleté à la viande typique de cette région) et un yaourt au lait de brebis ; le tout fait maison, je la voyais étirer sa pâte le soir, après le dîner, sur toute la surface de la table à manger, quelle femme remarquable !

Le matin, elle sortait chaises, coussins et tapis de la maison, faisait mousser le tout à grands coups d'éponge au savon noir et laissait sécher au soleil… C'était important que tout soit toujours propre car nous étions à la période des mariages et ils recevaient beaucoup de visites de la famille émigrée aux quatre coins du globe, un grand thermos de thé frémissait dès le matin à la cuisine et ils en servaient aux différents visiteurs de la journée, avec des figues cueillies dans le jardin. Elle ne me laissa jamais l'aider, j'étais l'invitée, et bien que je sois très gênée de voir une femme d'un certain âge se plier en quatre pour moi et pour servir tout le monde, je ne pus lever le petit doigt.

Nous croisions lors de nos balades et randonnées à la montagne quelques-uns de tes cousins et cousines ; les filles étaient en sabots et longues jupes sales, conduisant bien souvent chèvres ou moutons, de belles et humbles montagnardes… Lors du mariage de ton cousin auquel nous assistâmes, le contraste fut tel avec le tableau que j'avais eu jusqu'alors, que je crus un moment avoir rêvé la vie rupestre ! D'immenses tables s'alignaient, décorées royalement avec des nappes blanches et rouges, des fleurs et une infinité de plats de viandes, garnitures, boissons diverses, fruits, pâtisseries fines. La musique très entraînante, aux influences tsiganes, animait les danses où personne n'était mis de côté, tout le monde se donnait la main, l'assemblée était très nombreuse, et j'avais peine à reconnaître les gentilles filles poussiéreuses des montagnes qui étaient devenues d'un coup de baguette magique de sublimes princesses aux robes élégantes et brillantes, aux cous et oreilles éclairés de diamants et aux coiffures et maquillages sophistiqués ; la mariée était époustouflante ; elle accomplissait danse après danse avec son époux, puis avec les membres de la famille, animée d'une aisance et d'une grâce incroyables ; il est certain que ces jeunes filles passaient beaucoup de temps à rêver et à préparer leur plus beau jour ; elle croulait sous les billets que tout le monde lui glissait dans le corsage, dans la manche, à la ceinture, sous son assiette et même dans sa coiffure !

Et toi, Jeff, tu contemplais mes découvertes et étonnements avec un sourire ; tu savais que rien ne valait les voyages et l'immersion dans une autre culture… Rien, pas même mes livres ! Je t'en serai éternellement reconnaissante.

Malheureusement, toi aussi tu étais parti, comme Papa et Maman, tu m'avais sans doute donné tellement d'amour que le destin en fut jaloux et décida de s'abattre à nouveau sur nous, sur moi… Autre grande déchirure, cette fois-ci à l'âge de 33 ans, l'âge du Christ, l'âge où je dus à nouveau porter une bien trop lourde croix…

Il était 9 h 20, je terminais le maquillage et la coiffure de feu Madame Nou, la fenêtre ouverte laissait entrer le croassement incessant de deux corbeaux très bavards, je m'apprêtais à la refermer ne supportant plus cet assourdissant concert, quand mon téléphone vibra avec « maman Jeff » affiché sur l'écran ; ce vibreur fut bien plus lugubre que tous les corbeaux réunis ; tout comme la voix de ta maman, entrecoupée de sanglots, méconnaissable, brisée à jamais…

Les jours qui suivirent ton accident furent sombres et suffocants ; nuitées et journées interminables ; je partageai cet immense désarroi avec ta maman et quelques membres de la famille venus précipitamment de Macédoine et d'ailleurs. Malgré quelques objections, c'est moi qui t'embaumai ; j'y tenais absolument, ce n'était pas négociable, tout comme j'avais embaumé ma douce Tatie Marie quelques années auparavant. Mon deuil pouvait débuter uniquement à partir de cet instant où mes mains touchaient, lavaient et arrangeaient le corps, la peau et le visage de mes défunts chéris, c'est ainsi.

J'avais été comme étrangère, mise de côté, aux funérailles de mes parents, en voulant me protéger ma Tatie m'avait enlevé une souffrance, une étape essentielle, et j'avais probablement essayé de me réapproprier cette étape lorsque j'avais choisi mon métier de thanatopractrice… Jeff, comme tu me manques, que deviendrai-je dans la vie sans toi, sans personne, à nouveau seule, à nouveau égarée…

Les larmes montèrent et je ne pus m'empêcher de sangloter et sangloter encore. Je ne pourrai jamais être heureuse, à quoi cela sert de vivre si c'est pour endurer de telles épreuves, à quoi cela sert d'écrire et éditer mes histoires si ce n'est pas pour les faire lire à mes parents, à ma grand-tante, à mon fiancé pour leur plus grande fierté ? Le désespoir débarquait dans tout mon être, je pleurais en cachant mon visage dans les mains, comme petite fille, dans mon lit, pour ne pas éveiller Tatie Marie…

Un bruit fracassant interrompit radicalement ma tristesse et me fit une peur bleue ! Le cadre photo contenant une jolie photo de mes parents à l'âge de leur rencontre s'était décroché et était tombé bruyamment, juste en face de la baignoire, me faisant bondir de stupeur ! Oh non… Le cadre de Papa et Maman, il devait être mal fixé, j'attrapai un fin peignoir à la hâte et enjambai le bain pour en sortir. « Il y a beaucoup trop de vapeur ici, je vais vider l'eau et ventiler » ; la fenêtre était une petite lucarne donnant sur la cour intérieure.

Je me penchai ensuite pour ramasser délicatement mon cadre si précieux ; effectivement, l'accroche avait cédé, sans doute à cause de l'humidité « Ouf, il n'est pas brisé hormis une fêlure sur la petite vitre, je le clouerai plus solidement, pour l'heure vous restez posés sur le sol Papa et Maman… » Mes yeux s'attendrirent à la vue de leurs sourires rayonnants et si pleins de vitalité : « Vous êtes exactement beaux et heureux comme ça au paradis… Décidément, cette vapeur d'eau est étouffante, mais… Il y a une autre odeur que celle de la salle de bain ! Une autre vapeur… Une fumée ? »

Mon sang ne fit qu'un tour, je compris soudainement :

« Oh non, les petits pains aux raisins au grille-pain ! » J'avais posé deux mini pains aux raisins sur le grille-pain, espérant les décongeler rapidement sous l'effet de la chaleur pendant que mon bain coulait, je les avais complètement oubliés !

Je réalisai alors que la fumée avait envahi la salle de bain en passant sous la porte.

« Mon Dieu ! C'est un incendie il y a trop de fumée, ça sent très fort le brûlé, au secours ! Que faire ? J'hésitai… Je paniquai. En ouvrant la porte de la salle de bain, je vais m'évanouir à coup sûr, j'ai déjà grand-peine à respirer ! »

« Si je reste là, je vais sans doute brûler vive puisque l'incendie va se propager jusqu'à la salle de bain… La lucarne est si petite que je n'y passe pas. Où est mon portable ? »

Il était dans la cuisine, sans doute en train de brûler avec… Comment un grille-pain allumé quelques minutes avait-il pu provoquer un incendie ; impossible, il y avait sûrement eu un court-circuit, une étincelle qui avait embrasé le calendrier accroché au-dessus de l'appareil, puis embrasé les rideaux et meubles à leur tour…

Quelle horreur, que faire, j'étais désemparée, mon cerveau n'arrivait plus à réfléchir, si je sortais de là, c'était la suffocation et le malaise assuré, mais si je restais enfermée, allais-je mourir ?

Les voisins avaient peut-être senti la fumée et alerté les pompiers ? Je fis couler à nouveau le bain, cette fois-ci avec de l'eau froide, la fumée était telle que je commençais à tousser et tout me piquait : la gorge, les yeux, le nez…

Désespérément, je trempai une serviette de bain puis l'enfonçai sur toute la longueur du bas de la porte, j'aspergeai celle-ci de la plus grande quantité d'eau possible, mais il y avait bien trop de fumée. La petite fenêtre ne parvenait pas à l'évacuer, je grimpai sur la chaise et mis mon visage à hauteur de la lucarne : horreur ! La cour était envahie de fumée, elle aussi, toutes les lumières des voisins semblaient éteintes ; j'étais cernée, piégée et seule.

« Au secours ! Au feu ! Quelqu'un m'entend ?! Je suis coincée dans ma salle de bain ! Au secours ! »

Je ne reconnaissais pas le son de ma voix qui était étranglée et en panique. Seule une toux douloureuse venant du plus profond de mes bronches me répondit ; comme une remontrance cruelle pour avoir osé crier ! Peut-être était-il encore temps de fuir, parcourir le long corridor avec une serviette mouillée sur le visage et atteindre l'escalier de l'immeuble ? C'était si risqué pourtant, il y avait sûrement des flammes partout…

« Je tiendrai plus en attendant les pompiers ici, immergée ! » Ce que je fis, cette fois-ci je m'immergeai entièrement, puis ressortais le visage à intervalles réguliers pour prendre de l'air, air qui était à chaque inspiration de plus en plus vicié, ma respiration était devenue mon unique préoccupation, je réalisai à quel point l'air que l'on respire est si précieux, de l'air, donnez-moi de l'air, s'il vous plaît…

La petite Laura n'avait pas beaucoup de chance non plus. Seulement elle, ce n'était pas la chaleur suffocante qu'elle subissait, mais le froid vif, piquant, douloureux pour les doigts et les orteils… Un froid d'une nuit de novembre en région parisienne.

Du haut de ses six ans, elle pressentait que le froid était dangereux pour sa santé, elle grelottait tellement que ses dents claquaient.

« Maman, où es-tu ? » gémissait-elle péniblement entre deux sanglots. Elle se souvenait d'avoir lâché sa main, puis plus rien, le noir complet…

« Pourquoi ne viens-tu pas à ma recherche, Maman ? Cette forêt est si sombre, j'ai peur ! »

Apercevant à demi les ombres des arbres qui étaient ses seuls repères, elle pensa : « Si je continue toujours tout droit, je vais finir par sortir de ce sentier de forêt et atteindre une route ou une maison ou ma maman qui me cherche ! »

Les pieds transis de froid, les mains sous le chandail pour tenter désespérément de les maintenir au chaud, les oreilles glacées malgré les longs cheveux retombant dessus, elle avançait un peu à l'aveuglette, mais avec détermination. Ce qu'elle ignorait, c'est que ses lèvres commençaient à prendre une couleur bleutée et que ses forces s'amenuisaient à grande vitesse.

Soudain, une lumière, au loin, comme un faisceau de lampe, peut-être ? Une lumière qui semblait se déplacer au loin : c'est Papa ! C'est Maman ! Ils me cherchent !

« Papa ! Maman ! » Une toux sèche lui déchira la gorge en une douleur cinglante, ses cordes vocales n'avaient pas supporté un tel hurlement… Une quinte de toux suivit, interminable cette fois-ci, lui brûlant toute la trachée.

« Maman va me dire que j'ai pris froid et me donner une tisane avec du miel, je vois la lumière au loin, ça y est, ils vont me trouver ; oh, comme j'ai mal à la tête et à la gorge… »

Quand nous sommes enfants, nous faisons toujours confiance aux adultes, nous sommes toujours persuadés qu'ils vont arranger la situation, résoudre tous les problèmes. Laura était comme tous les autres enfants, confiante en l'issue de son aventure, c'est sûr, ses parents arrivaient, ils n'étaient pas loin, ils seraient là d'une minute à l'autre. Malgré tout, le faisceau de lumière mettait un temps fou à se rapprocher… Ils marchent dans ma direction, ils vont me trouver d'une minute à l'autre, se disait Laura avec tout l'optimisme de l'âge tendre.

Elle décida de stopper sa marche sinueuse pour se laisser tomber assise sur un petit coin de mousse contre un arbre ; comme il faisait bon s'arrêter, quel soulagement… Quelle stupeur de découvrir que la mousse, le feuillage au sol étaient bien moins froids que l'air glacial qui lui avait scié membres et visage ! Oh, comme c'était bon d'enfouir les petites mains glacées sous les feuilles, puis les pieds : un duvet inattendu ! Même le tronc d'arbre était confortable pour y appuyer la tête engourdie…

« J'aurais dû me mettre dans ce lit de feuilles avant, je n'aurais pas eu froid ; après tout, c'est presque comme mon lit, c'est douillet et presque chaud, oui c'est chaud… C'est comme quand maman me borde… Elle ferma les yeux. Je vais me reposer ici en attendant qu'ils me rejoignent, Papa me portera et m'amènera directement chez nous, dans mon lit, il fait bon, est-ce que je suis en train de rêver ? Demain, je veux absolument aller au parc avec Jade, il faut que ma maman appelle la sienne, il y a un nouveau toboggan avec une bosse, on va trop bien s'amuser ! Ensuite, je suis sûre qu'elle sera d'accord pour que je l'invite à la maison ; je veux lui montrer ma poupée sirène qui change de couleur dans l'eau ! »

Laura se laissa porter par le sommeil irrésistible, si confiante en l'issue de son aventure, avec l'impression, peu de temps après, d'être dans des bras qui la portaient, ceux de Papa ? De Maman ? Peu importe… Elle se sentait merveilleusement bien. Les enfants ont cela de magique qu'ils sont capables de vivre n'importe quelle situation en l'intégrant et l'acceptant comme naturelle ; totalement confiants envers les adultes, envers la vie, tellement optimistes, immergés innocemment dans un univers féérique (celui qu'on leur crée pour les protéger, en leur mentant ; celui des contes de fées, du père Noël, de la Petite Souris et de mille autres fables) ; plongés dans leur imagination infinie et leur absence d'inquiétude et de préoccupation pour l'avenir ; ils sont les plus grands savants et devins que nous puissions côtoyer : leur cœur ne ment pas, car il sait.

Laura savait que tout s'arrangerait, et bien évidemment elle avait raison. Sentant que ni ses pieds ni son corps ne touchaient le sol, elle entrouvrit les yeux : la chaleur de cette personne qui me porte et le crissement des feuilles sous ses pas ; est-ce Papa ? Elle distinguait à peine les traits de ce visage, sa vue était encore trouble ; ses yeux sont gentils mais ce n'est pas mon papa.

Voyant que la petite s'agitait, son protecteur ralentit le pas…

« Ne t'inquiète pas Laura, je te ramène en lieu sûr, tu as fait un cauchemar ».

« Un cauchemar ? Je me suis perdue dans la forêt, j'ai lâché la main de maman, après je crois que j'ai dormi, tu me ramènes chez moi ? Tu sais où j'habite ? »

« Oui, tu n'as plus à t'inquiéter, tes parents t'attendent, ils vont être heureux ».

À ces mots, bus comme un élixir de bonheur, l'enfant sourit, tout son corps fut parcouru d'un réconfort merveilleux et elle referma les yeux, confiante et apaisée, se laissant bercer par cette cadence et ce bruit de pas dans les feuilles.

Ami lecteur, laissons Laura profiter du soulagement d'avoir été sauvée, laissons-la dormir quelques instants et rejoignons notre deuxième héroïne, notre amie qui était prisonnière de l'appartement en feu du parc Monceau.

Les semaines avaient passées et je m'étais complètement remise de mon accident. Un bref séjour à l'hôpital pour vérifier l'état de mes poumons, je n'avais eu aucune séquelle de toute cette fumée inhalée, j'avais eu beaucoup de chance ! Mon appartement avait rapidement été remis en état par une équipe de professionnels, tout comme l'ensemble de l'immeuble. J'avais été soulagée d'apprendre par les pompiers et la gendarmerie qu'il n'y avait pas eu de victime et que le feu avait été provoqué par un court-circuit dans le disjoncteur de la cage d'escalier.

Heureusement, mes livres avaient été préservés comme par miracle, quasiment tous mes meubles aussi, ainsi que mon travail qui était sauvegardé dans une clé USB. Une chance inouïe. J'avais pu reprendre mon travail en semaine et le week-end était consacré à l'écriture d'autres contes pour enfants, sans me tuer à la tâche pour autant, étant donné que j'avais toujours un contrat d'édition pour mes premiers ouvrages qui me satisfaisait.

Ce mardi-là, je prenais mon temps pour embaumer M. Roumegous, cette force de la nature, décédé à l'âge de 87 ans. Je voulais que son maquillage et sa chevelure grise si belle et brillante soient parfaits.

« Voyons M. Roumegous, laissez-moi vous faire beau, je crois que vous avez des personnes qui vous attendent impatiemment là-haut… » lui soufflai-je avec un clin d'œil. Il était naturel pour moi de converser avec mes défunts, j'avais même l'impression qu'ils me répondaient en souriant, parfois. Tous mes embaumements étaient de purs moments de méditation et de reconnexion avec le présent ; jamais de tristesse ou de dégoût, jamais. Que de l'amour.

M. Roumegous n'était pas un inconnu, loin de là, je l'avais bien connu à l'adolescence, il venait tous les samedis après-midi prendre le café avec Tatie Marie. Armé, à chaque fois, d'un nouveau prétexte, ce gentil veuf élégant faisait son apparition, avec un nouveau gâteau de la pâtisserie qui fait angle et qu'il fallait absolument goûter, avec un article intéressant dans le journal que Tatie devait absolument lire, avec des outils pour réparer l'armoire du salon, un pot de peinture pour refaire l'entrée, et même quelquefois, c'était moi qui servais d'excuse puisqu'il apportait une mini-radio, un ensemble de stylos ou un agenda qu'il n'utilisait pas et dont il me faisait cadeau.

Une fois les sujets du « prétexte » épuisés, ils prenaient un grand plaisir à converser, rire et se remémorer les temps d'avant en écoutant un disque et sirotant un café. Monsieur Roumegous était un homme sensible qui respectait beaucoup la mémoire de sa défunte femme décédée peu de temps avant, ma grand-tante était une femme timide et qui avait été très déçue par l'amour. Il me sembla qu'ils jugèrent plus convenable de rester sur une relation amicale, et pourtant… Les détails ne mentent pas : l'amour, quand il se présente, ne passe pas par quatre chemins, il passe par tous les chemins ! Il devient comme liquide et parvient à s'infiltrer partout ! Tous les détails montraient leur idylle naissante : aussi bien la précipitation de Tatie Marie dans la salle de bain (et tous les bruits qui la trahissaient : le « pschiit » du parfum, le « froutch, froutch » de la brosse à cheveux passée à la hâte, ou encore le « diing » du flacon reposé rapidement sur le bord du lavabo) lorsque retentissait la sonnette le samedi après-midi, que les confidences incessantes de phrases, regards et répétitions de gestes de Monsieur Roumegous, à son miroir, le samedi matin. Leur désir également « d'expédier » le plus vite possible l'excuse de la visite était digne d'une scène de théâtre : combien de fois ma grand-tante s'était émerveillée devant les nouvelles pâtisseries fines offertes, disant qu'elles étaient irrésistibles et qu'elle en raffolait, sans réaliser qu'en disant cela elle était en train de les ranger dans le réfrigérateur et de retourner précipitamment s'asseoir près de son tendre ami pour continuer la conversation, oubliant complètement les friandises, oubliant même de les proposer à son invité ! Invité qui semblait être habité par la même amnésie soudaine ! Du haut de mes 14 ans, je le voyais, je m'en amusais et j'entendais distraitement leurs conversations tout en mordant dans de succulents feuilletés pralinés aux noisettes ou autres tartelettes fines, retranchée dans la cuisine. Ils étaient très touchants ensemble ; pourtant leur idylle resta platonique, ma Tatie commença à se dégrader physiquement et petit à petit mentalement avec des pertes de mémoire, et peu de temps après, les visites s'estompèrent.

« Alors, Monsieur Roumegous, quel succès ! Deux femmes amoureuses vous attendent là-haut, le choix sera difficile… » lui dis-je doucement en terminant d'arranger le col de sa chemise. Son visage exprimait une incroyable sérénité, c'était comme s'il riait intérieurement de ma boutade…

Je retirai mes gants, blouse et sur-chaussures, je dis un dernier au revoir à « l'amoureux » de ma grand-tante, je me lavai les mains. Des bruits de pas bien familiers étaient parvenus jusqu'à moi ; les claquements de talons de Léonie, ma collègue de travail. Elle prenait la relève ; j'allai la rejoindre dans la salle de pause afin de prendre un café et papoter un peu avant de rentrer.

« Mais qu'il est beau ! Comme un jeune marié ! » s'exclama-t-elle, apercevant le défunt à travers la vitre.

« Que pouvons-nous y faire ? C'est un séducteur et il ne va pas s'arrêter de sitôt ! » répondis-je en riant.

« Comment tu vas, toi ? Tu as été plusieurs fois absente dernièrement, tu n'es plus malade ? »

« Malade ? Non, merci, je n'ai pas de séquelles, j'ai juste avalé de la fumée mais rien de grave ; comme tu le sais, il a fallu faire quelques travaux et remettre en état mon appartement. »

« Mais de quoi parles-tu ? »

« Mais enfin, de l'incendie Léonie ! »

« Comment ? Tu as eu un incendie !? Mon Dieu ! Tu vas bien ? C'était quand ? »

Je n'arrivais pas à croire ce que j'entendais, comme si je n'étais plus dans la réalité tout à coup : comment Léonie pouvait-elle avoir oublié l'incendie de mon immeuble quelques semaines auparavant ? Je lui avais tout raconté en détail et elle m'avait beaucoup soutenue !

Je la regardai attentivement, cherchant peut-être l'ombre d'une plaisanterie dans son regard… Non, je restai bredouille, elle me dévisageait avec un étonnement sincère. Léonie souffrait donc de pertes de mémoire ? Ou bien elle devait avoir des problèmes personnels graves qui lui avaient fait « zapper » mon incendie.

« Léonie, ma chérie, on en a beaucoup parlé il y a un mois, mais ça peut arriver d'oublier. Tout va bien pour toi à la maison ? Comment vont les petits ? »

Cette fois-ci, ce fut elle qui me dévisagea et partit à la pêche aux réponses dans mon regard ou l'expression de mon visage.

« Si tu m'avais parlé d'un incendie, je ne l'aurais pas oublié ! Tu as dû en parler à quelqu'un d'autre et tu confonds. »

Décidément, Léonie m'inquiétait de plus en plus ; je choisis de la laisser travailler, en espérant aborder le sujet une autre fois, peut-être. J'avalai mes dernières gorgées de café et la saluai en partant.

Elle ne quitta pas mon esprit de toute la soirée. Quelques heures plus tard, ma cuisine vivait, frétillait, embaumait ; j'avais un verre de vin à la main et de l'autre j'assaisonnais la salade de cresson, lard fumé, câpres, olives, dés de féta, poivron rouge mariné à l'huile d'olive, tomates cerises, le tout s'harmonisant dans un saladier tandis que dans une poêle doraient deux cuisses de poulet passées dans de la farine, de l'œuf, de la chapelure relevée au paprika, poivre et des corn-flakes. Des tranches de pain de campagne grillées au four, frottées à l'ail et à la tomate attendaient sagement près de la salade. Une savoureuse musique latine battant son rythme entraînant relevait l'ambiance, saupoudrant de joie mon moment de création gourmande. J'arrosai le poulet frit d'un jus de citron, je nettoyai la cuisine, plaçai le sale au lave-vaisselle et disposai mes préparations, ainsi que mon verre de vin sur un grand plateau.

Je m'installai à la table de la salle à manger et entrepris de piocher dans la salade avec ma fourchette… Quel goût ! Comme elle était fraîche, croquante, douce, acidulée, riche en saveurs, cette salade composée ! J'en déposai sur une de mes tranches de pain de campagne pour en faire une tartine ; un délice. Les cuisses de poulet très croustillantes attendaient, elles aussi, d'être dégustées et ne se firent pas prier.

L'image de Léonie, ainsi que son regard surpris et interrogatif revinrent à ma mémoire. Je m'essuyai rapidement les mains et me levai pour chercher l'ordinateur portable. Et tout en continuant à manger d'une main, de l'autre je pianotai sur le clavier « pertes de mémoire chez l'adulte jeune » ; Léonie n'avait pas plus de 30 ans ; comment pouvait-elle avoir oublié mon accident ? L'incendie, on en avait parlé durant des heures au téléphone ; je lui avais expliqué mon sauvetage ; sauvetage dont il ne me restait que quelques bribes de souvenirs puisque j'étais à moitié inconsciente. Mais jamais je n'oublierai cet homme, soldat du feu, comme Papa, au regard bienveillant perçant à travers sa visière qui m'avait traînée doucement hors de la salle de bain et dit gentiment « Il faut partir maintenant, vous ne pouvez pas rester là. »

Il m'avait sauvée ; j'avais fait envoyer des fleurs à la caserne avec un texte de remerciement spécialement pour lui dont je ne connaissais pas le nom. Je me souvenais même de la plaisanterie que m'avait faite Léonie à ce sujet : « Cet homme qui t'a sauvée, c'est peut-être ton destin, ma belle ! Voilà comment tu t'y prends pour faire des rencontres, petite coquine ! » Pauvre Léonie… Comment pouvait-elle avoir oublié ? Voici les causes possibles d'amnésie énumérées par le site médical que j'avais sous les yeux : la prise de certains médicaments, la fatigue et le manque de sommeil, le stress et les dépressions, certaines carences alimentaires (B1 ou B12), la consommation de certaines drogues, d'alcool ou de tabac, certaines tumeurs au cerveau, des infections cérébrales, certaines démences, mon Dieu, quelle liste angoissante ! Je ne connaissais pas assez la vie privée de ma collègue pour me faire une idée, mais je décidai de me montrer plus attentive à d'autres pertes de mémoire éventuelles de sa part lorsque nous nous reverrions.

Il était déjà bien tard, j'apportai ce qu'il restait de mon verre de vin au balcon et je laissai mon esprit vagabonder…

Le soleil avait cédé sa place à un joli croissant de lune, très vite caché par un gros nuage sombre. Le saule-pleureur penchait toujours vers le lac, mais avait semblé perdre vie ; pas un frémissement, pas un reflet sur l'eau, pas un chant de rossignol ni de hululement de chouette ; la végétation, le ciel, l'eau, les immeubles, tout avait la même couleur gris sombre.

« Papa, Maman, pensai-je, vous me manquez… Il faudrait que je change une fois pour toutes le cadre de votre photo qui s'est fêlé lors de l'incendie. Je vais vous mettre dans un cadre un peu plus moderne que j'avais dans la salle de la bibliothèque et qui contenait une photo de fleurs imprimée, sans intérêt. Ce sera bien plus beau avec votre image ! »

Sur ces pensées, j'entendis un léger froissement, non loin : je dirigeai mon regard en face, vers l'arbre et devant moi ; rien. Pourtant le bruit persistait. Je tournai la tête et une sueur froide me parcourut : deux yeux me fixaient ! Et un corbeau s'envola dans un bruissement d'ailes effrayant ! Enfin, je supposai que c'était un corbeau ; c'était un oiseau noir, qui pendant tout le temps où je rêvassais sur ma terrasse était resté posé sur le bord du balcon, en silence ! Comment était-ce possible ? N'était-il pas censé rejoindre ses congénères pour la nuit ? Mon cœur, qui ne s'attendait pas à cette soudaine et bruyante rencontre s'emballa et eut du mal à ralentir…

« Bon, il faut que j'arrête de m'angoisser pour tout et que je me couche ! »

De passage à la salle de bains, je m'approchai du cadre de Papa et Maman, laissé sur une chaise depuis l'incendie ; la fêlure ne se voyait presque pas décidément ! Mais… Où était-elle ? Je crus rêver : la petite vitre était intacte ! Je restai quelques minutes à observer attentivement le cadre à la lumière de la lampe, incrédule… Et une nouvelle sueur froide m'envahit…

Laura était plongée dans un demi-sommeil ; son corps, bercé par la marche de son sauveur était harassé et lui faisait fermer les yeux à chaque balancement ; en revanche, il lui parvenait des sons et des odeurs… Il lui sembla que le bruissement de feuilles céda la place à un bruit de pas sur du bitume et que l'humidité de la forêt avait disparu. Elle fit un effort surhumain pour ouvrir les yeux et regarder son porteur : il ne sembla pas s'en apercevoir, il semblait avoir accéléré le pas.

« Où sont Papa et Maman ? »

Pas de réponse.

« Tu peux me dire où sont mes parents, je ne reconnais pas cette route, on est sur le chemin pour aller à ma maison ? »

Il répondit rapidement, sans la regarder :

« Oui oui, ils t'attendent, tu peux te rendormir. »

À six ans, on est presque dans l'âge de raison, on fait confiance aux adultes mais on sait qu'il existe des situations dangereuses et que tout le monde n'est pas gentil ; Laura se souvenait que sa maman lui avait défendu de parler à un inconnu, encore moins de le suivre ; mais lui, ce n'était pas un inconnu ?

« Puisqu'il m'a sauvée, pensa-t-elle, il est gentil ? Ses yeux sont gentils et les méchants ont un regard plus sévère… »

Elle rassembla son énergie pour se réveiller un peu plus et observer ce regard : il semblait si gentil tout à l'heure, mais une pointe de sévérité semblait désormais l'habiter.

« Tu es gentil ou tu es méchant ? hasarda-t-elle avec toute son innocence… »

Cette question parut perturber son interlocuteur ; il s'arrêta et la regarda droit dans les yeux ; son air était très sérieux, ses sourcils froncés ; pourtant, il semblait y avoir toujours de la bienveillance dans son expression. Le ton de sa voix avait changé, comme s'il était devenu tout à coup lointain, distant, quelle impression étrange… Il prononça les paroles suivantes, lentement, d'un ton grave et doux à la fois :

« Je suis les deux, comme tout le monde ; tu préfères que je sois gentil ou méchant ? »

« Gentil ! lança Laura avec tout l'espoir du monde. »

« Alors je suis gentil. »

Et il se remit à marcher, pressant le pas.

La fillette sentait que son corps se désengourdissait progressivement ; elle sentait de nouveau ses pieds, ses doigts, le froid et la douleur avaient disparu ; elle parvenait à soulever ses deux paupières et entrevoyait plus clairement son environnement. Être dans les bras de son sauveur la rassurait beaucoup ; pour rien au monde, elle n'aurait voulu qu'il l'abandonne, les enfants perdus s'accrochent désespérément à toute personne qui leur vient en aide ; cette personne devient leur unique ami, leur famille ; par instinct de survie, probablement.

Ce qui l'angoissait c'était plutôt le cadre inconnu dans lequel ils avançaient ; elle faisait des efforts surhumains pour y percevoir un élément familier, une maison, un panneau routier, un paysage ; car bien que toujours plongés dans la pénombre de la nuit, l'aube annonçait son arrivée en peignant de bleu le contour des choses. Elle en était sûre désormais, ils avançaient en marchant sur une route de campagne déserte ; une lisière de bois sur la droite, des champs sur la gauche, l'odeur de la mousse végétale avait disparu ; c'était bien l'odeur du goudron qui prédominait.

Ils arrivèrent à un bâtiment, de briques et de tôle, plutôt grand, après avoir tourné à gauche et marché sur un petit chemin boueux. Laura fut déposée à terre, elle sentit avec plaisir que ses jambes avaient assez de force pour la porter ; son corps fut parcouru d'un frisson ; elle ne reconnaissait pas cette sorte de grange.

« C'est ta maison ? questionna-t-elle ».

Pas de réponse.

Son sauveteur s'affairait à débloquer deux gros cadenas qui fermaient la grande porte de bois et qui semblaient résister à ses clés. La porte s'ouvrit dans un grincement et craquement de planches sinistre.

« Entre, petite. »

« Où sont mes parents ? »

« Je les ai appelés ; ils vont venir te chercher, mais il nous faut passer la fin de la nuit ici car ils ont de la route à faire. »

Laura n'avait nullement envie de se retrouver à nouveau dans le froid glacial et humide du bois ; encore moins seule. Elle préférait rester avec ce monsieur qu'elle voulait croire gentil, dans cette grange rustique mais bien plus confortable que le sol de la forêt ; elle distinguait un fauteuil qui lui rappelait celui de Papa, un lit avec un matelas, mais visiblement sans draps ni coussin, un meuble qui pouvait contenir peut-être des biscuits, des céréales, des croissants ? Toutes ces choses appétissantes dont la fillette raffolait, mais, curieusement, elle ne ressentait plus la faim ; ses yeux avides de trouver des éléments familiers et rassurants s'arrêtèrent sur ce qui semblait être un crucifix accroché au mur et qui lui rappelait les églises ou les cathédrales qu'elle avait visitées avec ses parents.

Son « ami » paraissait très affairé et fouillait dans une malle, il ne faisait plus du tout attention à elle.

« Je dois partir chercher quelque chose, reste là au chaud, ne sors pas, il peut y avoir des loups dehors, tes parents vont bientôt arriver.

— Non, j'ai peur, je peux venir avec toi ?

L'évocation des loups n'était peut-être pas une bonne idée.

— Non, tu dois rester là, sois courageuse ; si tu ne sors pas, tu ne risques rien ; imagine que tes parents arrivent alors que tu n'es plus là ! Tu dois rester à les attendre si tu veux les revoir. »

Il sortit ; Laura entendit le cliquetis des deux verrous qui se refermaient et elle se retrouva seule, au milieu de cette pièce si sinistre, l'espoir fou en elle de revoir bientôt ses parents alors que de grosses larmes incontrôlables coulaient sur ses joues…

Il fallait que j'élucide ce mystère ; pourquoi le cadre photo n'était plus brisé ? Que s'était-il passé ? Qu'est-ce qui m'avait échappé ? Il était pourtant bien tombé, il s'était pourtant bien fêlé, je l'avais vu. Est-ce que la fumée inhalée avait pu me faire divaguer ? Avais-je attrapé la même amnésie que ma collègue Léonie ?

Je passai deux journées à me remémorer les événements des dernières semaines, faisant le vide dans mon esprit afin d'apporter un maximum de clairvoyance. Je m'imaginais à nouveau en train de préparer un plateau-repas, puis de prendre mon bain, les souvenirs de Jeff, puis le bruit fracassant de la chute du cadre. Je me souvenais très bien du bruit sourd lorsqu'il avait heurté le sol, je me souvenais parfaitement de la cassure que j'avais effleurée et sentie de mon index et qui était bien visible !

Et maintenant, mes yeux s'écarquillaient devant un cadre intact ; mes neurones se bousculaient, s'affolaient, se révoltaient même ; c'était un phénomène inexpliqué et je me sentais extrêmement frustrée. Lorsque l'on vit un épisode qui n'a pas de logique cartésienne et que notre intelligence nous harcèle jour et nuit car elle exige une explication ; deux options s'offrent à nous : soit on analyse et re-analyse le problème de A à Z et on lui trouve une explication logique puisée dans notre imagination, une conclusion bien rassurante comme « j'ai dû rêver qu'il était cassé, la fumée m'a fait halluciner » ; soit on ne lui trouve aucune cause logique, on le range dans un coin de notre cerveau, bien caché, un coin que l'on n'utilise jamais, on finit par faire comme si ça n'avait jamais existé puis l'on oublie…

Afin de ne pas me torturer davantage l'esprit à ce sujet j'optais pour la deuxième, et je n'y pensai plus.

Les jours qui suivirent s'écoulèrent paisiblement, « métro-boulot-dodo » si je puis dire. Je n'abordai plus le sujet de l'incendie avec Léonie ; visiblement, elle aussi préférait l'éviter, comme un accord tacite. On le range dans un coin de notre cerveau et on oublie. La vie continue…

J'étais jeune, j'étais remise de mes deuils, je sentais bien que la sève de la vie coulait en moi et provoquait bien souvent des rêves romantiques. Je pressentais que, tôt ou tard, l'amour frapperait à ma porte.

Qu'est-ce que l'amour ? L'avais-je connu ? Oui, bien sûr, avec Jeff ; nous nous étions aimés follement, une vraie passion, mais il est certain que nous n'eûmes pas le temps de faire des projets, d'asseoir notre vie à deux, de vivre toutes les étapes des couples qui s'aiment. Il était parti brutalement et avait emporté une partie de mon cœur : probablement celle des illusions et de l'innocence.

Bien sûr que j'allais aimer à nouveau, mais plus jamais avec la même légèreté insouciante ! J'étais condamnée à aimer « gravement » à profiter « partiellement », à être heureuse « avec modération ». Car lorsque l'amour entrerait une fois de plus dans ma vie, le souvenir de la perte de mes êtres chers s'amuserait sans cesse à tout voiler, à gommer les couleurs, insidieusement et sans relâche ; j'avais maintenant bien conscience que l'on perd tout ce que l'on aime, que tout a une fin et ce sentiment, bien que refoulé chez la plupart des gens, habitait désormais mon cœur et mon âme.

Fallait-il que je renonce aux plaisirs de l'amour pour autant ? Allais-je avoir l'impression de trahir Jeff en refaisant éventuellement ma vie avec quelqu'un ? Et d'ailleurs, qu'aurait voulu Jeff pour moi ? Que je vive comme une nonne ? Certainement pas… Il était bien trop généreux pour ça…

J'avais depuis très jeune une vision de l'amour assez spéciale, un peu absolue, très idéalisée ; enfantine diraient certains. Pourtant, ma conception du couple amoureux m'était apparue et s'était installée définitivement en moi au fil des ans ; elle découlait de mes lectures, mes réflexions, expériences et mes observations du ciel et de la nature. J'avais eu une petite éducation religieuse, dans l'enfance, mes parents m'ayant inscrite au catéchisme ; mais eux-mêmes n'étant pas vraiment pratiquants, j'avais rapidement abandonné.

Je ne croyais pas en Dieu comme dans les religions monothéistes ; mais j'appréciais les valeurs qu'elles prônaient ; et surtout, la Vierge Marie était fascinante pour moi et symbolisait tout à elle seule : l'Amour. J'ai toujours cru que pour aimer son prochain, il est toujours bon de s'inspirer de l'amour d'une mère pour son enfant : une affection et une tendresse infinie, un oubli de soi pour se retrouver en l'autre ; une mère n'est heureuse que si son enfant l'est et mon âme m'avait toujours confié que c'est ainsi qu'il faut aimer tout le monde. Idéaliste ? Oui ! L'amour n'est-il pas le plus grand miracle de la vie ? Il me semblait normal et approprié de ressentir des transports de bienveillance, de joie infinie, lorsque l'on évoque l'amour. Il n'y a que l'amour qui soit vrai sur Terre et ailleurs. Le reste n'est qu'illusion ; ça mourra, ça s'estompera ; ça s'oubliera ; mais l'amour non.

Dans l'amour amoureux, la même règle que celle de l'amour marial s'applique, selon ma vision « idyllique » : aimer son partenaire en l'observant, en recherchant ce qui lui tient à cœur, ce qui lui plaît, et inventer chaque jour des moyens de le rendre heureux selon ses aspirations à lui. N'avoir aucun autre but que son bonheur ; et se remémorer cette règle très régulièrement ; car l'ego est là, il guette et peut tout détruire facilement si on le laisse nous conter ses fables et jérémiades. Contrairement à ce que l'on pourrait penser, il ne s'agit en aucun cas d'un sacrifice ; il s'agit plutôt d'une élévation, surtout si les deux le pratiquent. L'homme et la femme sont complémentaires, pas égaux. Ils sont différents l'un de l'autre et l'on s'approche du vrai sens de la vie et de la spiritualité au sens large lorsqu'ils ont pris la décision d'œuvrer inconditionnellement l'un pour l'autre.

Cette idée parfaite de l'amour était sans doute irréalisable ; non seulement parce qu'il aurait fallu avoir une chance inouïe pour tomber sur quelqu'un avec les mêmes aspirations ; mais aussi parce que mon bonheur serait toujours entaché par la perte de Jeff, mon grand amour…

De plus, quand bien même cette conception amoureuse était ma préférée, comment l'appliquer réellement et avec constance ? J'avais mes faiblesses, mes doutes, mes peurs ; tôt ou tard, elles ressurgiraient ; tôt ou tard, je m'éloignerais de mon idéal amoureux et j'aurais des défauts comme la jalousie ou l'impatience, peut-être même l'intolérance !

Non, l'amour idéal n'était décidément pas ou plus pour moi !

Ce que j'ignorais en ces instants de rêveries, cher lecteur, c'est que les prochains jours allaient me démontrer exactement le contraire…

Quelquefois, l'univers tout entier complote, comme si un événement d'une importance capitale devait avoir lieu ; car les cieux en avaient décidé ainsi et que tel un chef d'orchestre maîtrisant chacun de ses élèves, l'univers dirigeait, rythmait et indiquait à chaque arbre, chaque oiseau, chaque nuage, chaque masse d'air, chaque lueur du jour ou clair de lune de jouer une mélodie pour atteindre une âme en particulier… La mienne peut-être ? Certainement… L'univers semblait s'intéresser particulièrement à moi subitement…

Je crois que la première manifestation fut simplement un chant de merle ; auquel je prêtai toute mon attention, un matin, installée sur un fauteuil de mon balcon, un café au lait entre les mains et un châle sur les épaules. Sur la petite table, un chausson aux pommes couleur d'or tout juste sorti des fourneaux de la boulangerie en bas de chez moi, et qui promettait d'apporter à mon breuvage du croustillant, du fondant, une compote de pommes tiède et délicieuse à l'intérieur qui attirait tous mes sens.

Je le saisis, le trempai dans le café au lait et le mordis avec gourmandise, un vrai régal ; je me délectai tout en étant distraite par quelque chose que je ne parvenais pas à identifier. Ce fut lorsque je l'eus terminé et que je sirotais encore quelques gorgées de café chaud, pour le plaisir, que ce qui me « distrayait » me parvint clairement : un magnifique chant de merle. En avez-vous déjà écouté un ? Il y en a partout, ils chantent le matin et le soir à la belle saison, pour indiquer notamment leur présence à d'éventuelles « amoureuses ». C'est très mélodieux.

Un son flûté, grave, aigu, aux mélodies variables, un des plus beaux chants d'oiseaux d'Europe ; c'est également un artiste aux grandes capacités d'improvisation. On dit que le merle siffle, flûte, appelle ou babille. « Appelle » : oui, ce concert si harmonieux ne pouvait sans aucun doute qu'appeler l'amour.

Chaque note flûtée faisait vibrer une corde différente à mon âme, chaque changement de mélodie transportait mon cœur vers de doux horizons et chaque pause rendait mon esprit immobile, aux aguets, attendant la suite avec impatience.

Ce chant de merle fut la clé qui ouvrit le coffre de mon romantisme ; romantisme qui commença doucement et progressivement à s'en échapper et se répandre dans tout mon être. Le lendemain, je réécoutai mon troubadour de la nature avec délice ; toujours à mon balcon, grignotant quelques amandes grillées pour mieux profiter du spectacle. Mon esprit se remémora les belles histoires d'amour que j'avais lues ; beaucoup étaient tragiques d'ailleurs ; non ; moi je voulais rêver à une idylle qui se termine bien, j'imaginai donc d'abord, lors de ce concert privé, une rencontre fortuite dans un train…

Le train avait quelque chose de spécialement romantique : deux inconnus que le destin a décidé de placer l'un en face de l'autre dans la même voiture, afin de partager un petit bout de voyage, un petit bout de leur vie, ensemble. Ils s'échangent un regard, ou un sourire, fugace et courtois. Puis, une remarque interne qui surgit d'on ne sait où : « Tiens, il est charmant ; quel parfum irrésistible » et que l'on réprime à la hâte en se plongeant, nez rivé dans son livre qui accompagne ce voyage…

Les yeux lisant et relisant sans cesse le même passage sans parvenir à le décoder pour autant, l'esprit étant absorbé par les mouvements de son voisin de face. Puis des idées qui se bousculent à la diable ; la curiosité s'emparant de nous sans vergogne : « Je me demande s'il étudie ou s'il travaille, il semble être dans le monde du travail avec son ordinateur portable et sa tenue plutôt classique ; un médecin ? Un avocat ? Un employé de bureau ? » Puis, une idée fixe, que l'on chasse mais qui revient, entêtée : « Est-il marié ? » lever les yeux pour rechercher un anneau sur sa main semble être un acte interdit et aventureux ; il vaut mieux se reconcentrer dans la lecture ! Et l'on se replonge désespérément dans ce paragraphe pour la dixième fois sans vraiment le lire ; à y perdre son latin !

« Si je lève les yeux rapidement, j'aurai ma réponse… Mais c'est trop visible, il va le remarquer ! De toute façon, il va sûrement descendre au prochain arrêt et mes fantasmes romantiques et puérils pourront prendre fin ! »

Mais les yeux n'obéissent pas souvent aux injonctions de l'esprit ; la curiosité, ce vilain défaut, est bien plus forte… Un rapide coup d'œil sur sa main posée sur le siège à côté de lui, pendant que le cœur semble s'emballer au même instant, la peur d'être prise « la main dans le sac ». Pas de bague. Puis l'apparition du contrôleur au visage jovial et avenant, déambulant avec un sens de l'équilibre digne d'un funambule puisqu'il parvient à avancer et se tenir debout, près des passagers sans se tenir une seule fois ; et ce malgré des virages, des freinages et quelques soubresauts sur les rails. Sa voix forte et le murmure des usagers qui sortent de leur torpeur à la recherche de leur titre de transport détendent instantanément l'atmosphère.

Mon voisin d'en face ouvrant sa sacoche, sortant son billet ; le mien étant déjà entre mes mains puisque faisant office de marque-page ; mes yeux se levant inopinément vers lui.

Nos regards se croisent, un bref sourire, vite, vite, où diriger mon regard maintenant ? Ouf ! Le contrôleur est encore là pour me sauver ; il composte nos billets pendant que mon cœur est encore tout émoustillé par ce regard sombre et doux qui vient de croiser le mien. Mon Dieu ! Je suis trop fleur bleue ; je crois que j'en deviens même pathétique : se faire tout un monde d'une simple politesse, d'un sourire échangé entre deux passagers ; il serait peut-être temps que je mûrisse un peu…

« C'est Balzac ? »

Cette voix qui retentit devant moi et encore plus fort en moi me fait presque sursauter ; tout s'accélère, je deviens plus réactive, je lève les yeux, sa voix est très belle ; son regard qui alterne mon livre et mon visage l'est également.

« Oui », est la seule réponse que je parviens à prononcer précipitamment, l'esprit affolé mais feignant l'air le plus calme et détaché possible. Oh non, pas ça ! Pas cette chaleur dans mes joues ! Elle ne disparaît pas, ça veut dire que je dois être rouge comme une tomate, non mais quelle honte à mon âge !

Cela ne semble pas lui déplaire, il sourit davantage. Refroidis-toi visage ; refroidis-toi ! C'est le pompon, je sens presque du feu à mes joues : signe que j'ai atteint la teinte rouge cramoisi, génial.

« J'aime beaucoup Balzac, c'est mon auteur classique préféré », prononce alors cette voix masculine.

Tout s'estompe miraculeusement : le rouge cramoisi, la honte, la timidité, le cœur qui s'emballe, le blocage des paroles. Il vient de prononcer sans le savoir la formule magique. Je retrouve mon corps, tous mes moyens physiques et intellectuels et s'en suit une discussion passionnée où chacun évoque ses romans et passages préférés. Les personnages, la représentation des femmes, de la société du XIXe siècle, le destin triste ou hasardeux de tel ou tel héros, la Comédie Humaine dans son ensemble et même des transpositions comiques de certains personnages à notre époque actuelle : qui pourrait leur correspondre en politique ou dans le showbizz ? Des rires, la glace est totalement brisée. Je suis une femme à nouveau ; je prends les devants avec tact.

« Allez-vous à Paris pour le travail ? »

« Oui, je suis commercial pour un laboratoire de prothésie dentaire, et vous ? »

« Étudiante en Lettres. »

Mon essence de femme est revenue, ma voix est posée, je rejette mes cheveux en arrière et je me lance avec douceur mais sans hésiter.

« Je viens de passer le week-end chez mes parents en province et je reprends le chemin des cours à Paris ; j'aime le dimanche soir car j'ai du temps libre et je peux me consacrer à ce qui me plaît le plus avant de recommencer la semaine. »

Sûre de moi, je lui offre un sourire caressant et bienveillant. L'homme a saisi l'invitation suggérée de la femme et il répond exactement ce qu'il faut :

« Eh bien, il se trouve que j'ai du temps libre également le dimanche soir ; accepteriez-vous de boire un verre ou manger un morceau en arrivant à Montparnasse ? Nous pourrions alors continuer cette passionnante conversation sur Balzac. »

Cher lecteur, voilà le début d'une histoire d'amour passionnée telle que je les rêvais les jours qui suivirent mon beau chant de merle. Je l'avais imaginée ; elle n'existait que dans ma tête (et maintenant dans la vôtre également ?) Mon esprit et mes sens semblaient se préparer petit à petit à l'arrivée de l'Amour avec un grand A.

Léonie avait quelques problèmes de couple ; elle avait abordé le sujet au travail ; je lui avais proposé d'aller boire un café quelque part, un après-midi, pour en discuter. C'était une jeune femme exubérante, toujours décolletée, très sensuelle et qui aimait jouer de son regard pour attirer la gent masculine. Elle était sûre d'elle, avenante, généreuse et drôle. J'étais plutôt l'opposée : discrète et réservée ; toutefois, les contraires s'attirant souvent aussi bien en amour qu'en amitié, le courant passait bien entre nous et elle avait envie de se confier à moi.

Elle avait beaucoup d'amies mais je crois que je lui inspirais confiance et qu'elle voulait les conseils de quelqu'un de sage pour sauver son couple.

Nous nous donnâmes rendez-vous à Porte de Charenton, non loin de chez elle, dans un café tout simplement ; un quartier assez cosmopolite et calme. J'aimais cet endroit car à dix minutes en tramway se trouvait la Bibliothèque François Mitterrand, moderne, immense, dans laquelle il m'arrivait de me perdre et m'évader des heures avec un livre pioché dans les étagères, enfoncée dans l'un des grands fauteuils moelleux que l'on trouvait ci et là.

Deux cappuccinos posés devant nous, elle y piocha avec sa cuillère pour en prélever de la crème fouettée et me confia tout ce qui la tourmentait. Ce fut un long monologue pendant lequel elle joua avec ses boucles brunes, fit quelques pauses pour absorber des gorgées de la boisson italienne, observa un instant un jeune homme accoudé au bar, puis elle termina me regardant d'un air triste et inquiet.

« Mais voyons Léonie… Pour regagner la confiance de ton mari, commence déjà par ne plus sortir seule avec tes amies le samedi soir. Passe du temps à la maison, faites des gâteaux avec les enfants, parle avec ton mari de sa journée de travail, de la tienne ; bref, sois un peu plus présente pendant quelque temps ; je pense qu'il a juste besoin d'être rassuré et tu verras qu'il n'évoquera plus une éventuelle séparation.

— Mais c'est injuste ! Lui va bien à son sport tous les samedis après-midi ; moi aussi je veux ma liberté du samedi !

Elle était comme une poupée ou une petite fille révoltée, spontanée, offusquée et si jolie à la fois ! J'admirai alors deux choses simultanément chez ma collègue : sa beauté dans toutes ses expressions et son désir légitime de mettre la femme sur un même pied d'égalité que l'homme. Elle avait raison : si son mari prenait quelques heures de liberté pour lui, elle aussi y avait droit de son côté ! Le problème se situait ailleurs : Léonie était une femme qui aimait attirer les regards, qui les provoquait, et je crois que son mari s'en inquiétait et était probablement jaloux, j'avoue que malgré moi, je me mis plus à la place du mari que de ma collègue qui pourtant demandait mon aide. Je décidai de rester ferme dans mes conseils, de lui opposer ma vision des choses, produit de mon éducation ? Mon tempérament ? Je ne sais pas, mais je devais être sincère avec elle :

— Je suis d'accord, c'est injuste ; essaie juste deux ou trois semaines et ensuite essayez de discuter de ta liberté et de la sienne ; vous trouverez un terrain d'entente. Les enfants valent bien la peine de faire quelques efforts.

— Peut-être, oui… »

Mon conseil ne lui plaisait pas vraiment ; il est vrai qu'il était digne d'une mentalité un peu rétro, inégalitaire même ; mais je crois que c'était nécessaire pour rééquilibrer la balance. Elle sortait tous les samedis et rentrait tard la nuit ; je ne pouvais que ressentir de l'empathie pour son mari. Elle voulait un avis, c'était le mien et je lui donnai avec les meilleures intentions du monde.

Nous nous séparâmes après avoir discuté d'autres sujets, concernant le travail, et je la regardai s'éloigner dans la rue ; c'était vraiment une très belle femme, séductrice, une démarche ondulante faisant virevolter ses cheveux le long de son dos ; elle était jeune et avait encore besoin de beaucoup de liberté, d'insouciance, peut-être s'était-elle mariée trop tôt ? Elle m'attendrit et je décidai de veiller sur elle du mieux possible et de toujours lui donner les meilleurs conseils ; même si cela allait contre son tempérament…

Sur ces pensées mon esprit fuyait, déjà, happé par ma bibliothèque préférée… « Attends esprit ! Laisse-moi prendre le tramway et allons-y ensemble ! »

Ce qui m'attirait tellement, c'est que je savais que dans cette bibliothèque richissime et aux trésors nombreux j'allais pouvoir trouver toute l'information dont j'avais besoin sur les Dieux Mayas. Oui, les Dieux Mayas et les Civilisations Précolombiennes dont je comptais concevoir une version amusante et instructive pour les enfants. Il y avait tellement de magie, légendes, rites et vestiges encore bien présents en Amérique Latine sur cette incroyable civilisation, qu'elle constituait un thème parfait, avec bon nombre d'illustrations de temples et sculptures bien réelles qui pourraient faire rêver et se développer l'imagination des jeunes lecteurs. Et devenir de futurs explorateurs ? Pourquoi pas ? La Maison d'Édition était d'accord pour faire un nouveau contrat avec de nouveaux ouvrages, axés cette fois-ci sur l'histoire et l'art pour les enfants.

C'est étrange mais je ne me souviens plus du trajet en tramway jusqu'à la bibliothèque ; c'est comme si j'étais passée sans transition de l'image de Léonie qui s'éloigne à la centaine de livres rangés dans l'immense étagère consacrée à l'Amérique Latine devant laquelle je me trouvais. Quelques personnes attablées et concentrées sur leurs ordinateurs, d'autres recroquevillées sur un ouvrage, d'autres parcourant sans bruit les allées, scrutant les titres sur les rangées ; un silence studieux et agréable, entrecoupé par moment par le souffle rythmé de la photocopieuse. Je feuilletai debout quelques recueils, récits et légendes aztèques et mayas ; mais ce que je cherchais réellement, je ne le voyais pas : la bible maya ; « Le Popol Vuh » ; c'est-à-dire le premier écrit, le plus ancien concernant cette civilisation et qui racontait comment le monde avait été créé, d'après eux. Cela allait beaucoup intéresser les enfants, j'en étais persuadée.

Elle était restée assise sur le sol, recroquevillée sur elle-même pendant un temps indéterminé, des heures peut-être ? À moins que ce soit un quart d'heure ? Difficile de le préciser à l'âge de six ans et durant une nuit traumatisante. Pourtant il ne faisait pas jour, toujours pas, aucune lueur de clarté ou d'aube naissante ne perçait à travers l'unique lucarne haut placée, au plafond. Laura avait somnolé, à nouveau, un sentiment de désespoir et d'abandon lui tordant l'âme, tout en ressentant malgré tout un soulagement physique, elle n'avait plus mal aux pieds ni aux mains : plus d'engelures ; ici, il faisait bon et c'était l'endroit le moins mauvais pour attendre Papa et Maman.

Il faisait nuit noire mais ses pupilles s'étaient accoutumées à une telle obscurité et elle distinguait mieux l'agencement de la maisonnette, les meubles et quelques objets. La croix sur le mur était toujours là, silencieuse et rassurante. La fillette se souvint de la prière à la Vierge Marie et la récita intérieurement, espérant le secours de cette maman miraculeuse et universelle.

Soudain, des petits bruits se firent entendre, indistincts au début, comme des froissements, saccadés ; Laura se précipita vers la porte et y colla son oreille, espérant reconnaître l'approche de pas familiers... Le petit bruit continuait, léger et persistant ; toutefois, ce n'était pas son oreille collée à la porte qui le percevait, mais plutôt l'autre, dirigée vers l'intérieur de la salle...

Déçue et intriguée, l'enfant tourna la tête lentement et découvrit avec une accélération frénétique des battements de son cœur une forme, comme une boule, à l'autre bout de la pièce, au pied du lit délabré, et qui s'agitait autour de ce qui semblait être un morceau de papier chiffonné.

Plaquée contre la porte elle n'osait s'approcher pour mieux distinguer cette forme ; chaque mouvement de la « bestiole » la faisant sursauter de frayeur. Les pensées et questionnements se bousculaient dans sa tête à tel point qu'elle prononça à voix haute sans même s'en apercevoir :

« J'espère que si tu es un rat ou une souris tu es gentil et que tu ne vas pas me mordre ! »

La « bestiole » cessa son agitation et resta immobile.

Ce silence était assez angoissant, Laura aurait préféré qu'elle continue à gesticuler avec insouciance, sans remarquer sa présence.

Soudain, un petit moteur… un râle… un grognement ? Non, pas un grognement… un ronronnement… un ronronnement !

Incroyable : c'était dans une telle aventure cauchemardesque, dans un endroit si sordide et oppressé par un tel sentiment d'abandon que le cœur de la fillette s'emplit de la plus grande joie et amour qu'il pouvait ressentir !

« Tu es un chat ! »

Elle s'approcha doucement, le ronronnement continuait et un chaton qui semblait être gris ou tigré s'approcha également, se frottant tendrement contre ses jambes.

Quel changement dans le cours de son aventure : son désespoir laissa place à un besoin de protéger sa « petite boule de poils » affectueuse ; l'espoir revenait, et la vie avec.

« Viens, petit chat, viens. Oh mais tu saignes à la patte ! Attends, il te faut un bandage. »

Elle prit ce qui semblait être un essuie-main ou un torchon sur la table et l'enroula délicatement autour de la patte blessée de son petit protégé, qui continuait son ronronnement rassurant. Torchon qui était sans doute crasseux et poussiéreux, pas très hygiénique pour panser une plaie ; mais qu'en sait-on à six ans ?

Elle s'assit par terre et amena son chaton sur ses genoux, pas de doute, il était tigré et tellement doux.

« Je vais t'appeler Mistigri, d'accord ? Tu as perdu ta maman ? Moi c'est Laura. Mes parents vont venir me chercher et je leur demanderai si je peux t'adopter, je demanderai aussi à ton maître qui m'a sauvée ; c'est ton maître n'est-ce pas, puisque tu vis ici ? »

Le chaton ronronnait de plus belle et se frottait chaleureusement aux mains de l'enfant. Laura ne ressentait plus la faim mais son instinct maternel lui dicta de chercher de la nourriture dans les placards afin que Mistigri se mette quelque chose sous la dent. Elle commença par le buffet tout près d'elle, un à un, elle tira les tiroirs qui résistaient fortement ; elle parvint tout de même à les ouvrir tous après les avoir quelque peu secoués. Rien. Dessous, il y avait trois portes de placard déjà entrouvertes : rien non plus, sa petite main cherchait à tâtons et tapotait les recoins, rien, à part une sensation très désagréable lorsque ses doigts s'emmêlaient dans une toile d'araignée.

Elle fit quelques pas jusqu'à un meuble plus grand, derrière la table. Dans ce coin de la pièce, il faisait vraiment très sombre, elle fit ses recherches presque exclusivement à tâtons, ses pupilles ne percevant quasiment rien. Un manche… Oh… une lampe !

Heureuse à la découverte de ce trésor inespéré, elle trouva facilement l'interrupteur et enfin la lumière se fit… La pièce était comme elle l'avait perçue, sauf que maintenant elle était en couleurs : le meuble était plutôt acajou et la table recouverte d'une nappe en plastique à fleurs jaunes.

« La même que celle de la cuisine chez Papa et Maman ! »

Sauf que celle-ci était vraiment, mais vraiment très collante ! Elle dirigea le faisceau providentiel vers Mistigri, il était si beau, tigré, mais semblait gêné par cette lumière qui se reflétait de façon phosphorescente dans ses yeux.

« Attends mon chaton, il y a une boîte là… des biscuits ! (Elle en sortit un et le sentit.) Il est mou mais il sent bon le beurre ; tiens Mistigri, mange ! »

Le chaton s'approcha, hésitant, huma longtemps l'encas inespéré, avant de le lécher, puis finalement de le manger délicatement et lentement. Laura était aux anges, sa lumière dirigée vers lui, elle se réjouissait du spectacle de le voir prendre des forces. Quelque chose attira toutefois son attention, juste au-dessus de l'animal, sur le mur… Elle leva le faisceau lumineux :

« Oh ça alors, regarde Mistigri, toutes ces photos accrochées au mur ! Regarde, ce sont des petites filles, comme moi ! Ce sont sans doute les nièces et petites cousines ou bien les petites filles de ton maître, il a une famille très nombreuse ! Il en a de la chance, moi je n'ai ni frère ni sœur… »

Le « Popol Vuh », la Bible maya ; je demandai à une secrétaire l'autorisation d'accéder à l'espace des livres rares et anciens car mon bonheur s'y trouvait peut-être ; elle était incapable de retrouver l'ouvrage dans le système des données de son ordinateur ; elle m'accompagna dans l'ascenseur jusqu'à l'espace réservé. Une odeur de parchemin, de cuir, de bois m'envahit en même temps que mes yeux s'écarquillaient devant l'étalage des livres anciens sur les petites étagères, des reliures très âgées et un silence encore plus marqué puisque cette salle exiguë et spéciale ne peut pas accueillir plus de quarante lecteurs et il se trouve qu'il n'y en avait que deux.

Je remarquai en lisant l'écriteau sur le mur qu'il était formellement interdit de boire ou manger à cet endroit, sous peine d'expulsion, et que quatre caméras guettaient chaque recoin de la pièce. L'impression excitante d'être dans une salle des trésors !

Le temps disparut de ma conscience et j'eus envie de rester là pour l'éternité, à parcourir chaque ligne de chaque écrit tous les jours, et à m'endormir le soir la tête dans les pages ; ne pas en perdre une miette… D'ailleurs, c'est ce que je commençai à faire, ne trouvant pas le fameux « Popol Vuh », je pris trois livres au hasard comme c'était mon habitude et je me mis à les feuilleter, curieuse. Des textes religieux, des extraits de la Kabbale et un traité sur l'Alchimie qui m'absorba un long moment.

C'est alors que la gentille secrétaire réapparut et vint me transmettre l'aide et l'information nécessaires :

« Le "Popol Vuh" en tant que manuscrit ne se trouve pas ici mais à la Bibliothèque Nationale de Chicago. Dans la section "Civilisations Étrangères" où vous étiez tout à l'heure, il y a une version française et revisitée qui s'intitule "Les Dieux Précolombiens" ; vous y trouverez normalement toute l'information sur la mythologie maya et la création du Monde selon le "Popol Vuh". »

Après l'avoir chaleureusement remerciée, je pris l'ascenseur et retournai dans la grande salle commune, je laissai cette fois-ci mon sac à dos et veste sur une chaise et partis de nouveau vers le rayon qui me concernait. Mais ce livre était également introuvable, quelqu'un l'avait sans doute mal rangé ? Ou emprunté ? Je me rabattis sur mon ordinateur portable et cherchai des extraits du texte sacré sur le net, tout comme j'aurais pu le faire de chez moi, mais là l'ambiance était nettement plus studieuse et motivante. Quelques bribes de la Bible maya que je copiai et collai dans un dossier spécial, afin d'imaginer ensuite des histoires accessibles et intéressantes pour les enfants.

« Merci beaucoup Monsieur, vous êtes généreux.

— C'est avec plaisir, Mademoiselle, j'espère qu'il sera à votre goût, j'ai sélectionné la même dose de sucre que pour le mien. »

Je levai les yeux pour découvrir quel manège de séduction se jouait en face de moi : une jeune femme aux très beaux yeux bleus pianotait sur son ordinateur et sirotait un café apporté par un chevalier servant ; un homme qui semblait avoir la quarantaine et qui était placé juste à côté d'elle, en face de moi. Elle ne semblait plus faire attention à lui et regardait son téléphone portable. L'homme gardait son calme et restait concentré sur son travail, tout en lui jetant un coup d'œil à la dérobée, de temps en temps, guettant sans doute le moment opportun pour lui adresser à nouveau la parole. Il était séducteur et très séduisant aussi, d'où cette apparente confiance en lui sans doute, son regard surtout était saisissant, doux et vif à la fois ; son allure soignée et élégante.

Au bout d'un moment, la jeune femme se leva et partit sans rien ajouter, le téléphone à l'oreille. Le visage de l'homme n'exprima pas de frustration ; il se replongea avec intérêt dans la lecture, son café à la main. Je levai un peu plus mes yeux qui croisèrent les siens, doux et enveloppants… Oh non… pas cette chaleur sur mes joues ! Trop tard… J'étais devenue rouge comme une tomate, tant pis pour moi, je n'avais qu'à pas être si curieuse ! Je me remis maladroitement à mon ordinateur, lisant des textes au hasard, perturbée et oubliant complètement l'objet de mes recherches. Lui se mit plus en arrière sur son siège, plongé et absorbé par sa lecture.

« Que peuvent bien lire les séducteurs ? » me demanda mon esprit, toujours aux prises avec la curiosité.

L'ouvrage qu'il tenait face à lui était plutôt grand, et le titre… Les Dieux… Les Dieux Précolombiens ! Mais c'était mon livre ! Enfin, je veux dire le livre que je recherchai ! Et il était entre les mains d'un séducteur… Quelle malchance ! Comment le lui demander sans qu'il considère ma démarche comme de la drague ? Je n'avais absolument pas envie d'entendre un baratin de beau parleur ! J'attendrai donc qu'il termine en espérant qu'il ne reparte pas avec !

Les minutes passèrent, interminables, mille fois je fus sur le point de lui demander si je pouvais prendre le livre une fois qu'il aurait terminé, mille fois je me ravisai…

Quand, enfin, il le ferma, j'eus l'impression que pendant quelques secondes il regardait dans ma direction, puis il se leva et laissa livre, veste et gobelet de café sur la table, se dirigeant vers l'extérieur, peut-être aux sanitaires, à moins qu'il ne soit sorti pour fumer ou passer un coup de téléphone…

L'objet de ma convoitise était là : « Les Dieux Précolombiens » ; d'après la secrétaire, il contenait toute l'idéologie maya concernant la création du Monde ; il fallait que je le consulte, ne serait-ce que pour comparer avec les extraits trouvés sur le net et corroborer certaines informations que j'allais retranscrire aux enfants.

Un coup d'œil jeté à l'horloge de mon téléphone : 18 h 4… Il ne restait plus qu'une demi-heure avant la fermeture, bon tant pis, oubliant toutes mes craintes, je me penchai pour le saisir. Je parcourus d'abord le sommaire : visiblement, chaque divinité avait un chapitre dédié, mais où se trouvait donc la partie sur la création du Monde ?

« Les Dieux Précolombiens ont beaucoup de succès ! »

Cette phrase prononcée dans mon dos me fit sursauter et regretter mon impatience… Je me tournai vers mon interlocuteur, à contrecœur, la sensation gênante et tellement désagréable d'être prise « la main dans le sac ». J'étais décidée à lui rendre immédiatement le livre et à revenir un autre jour. Lui n'avait pas du tout les mêmes intentions puisqu'il prit tout bonnement place sur la chaise voisine à la mienne, rapprocha ses affaires qui se trouvaient plus loin sur la table et se tourna vers moi, sans gêne, prêt à discuter. Pendant quelques secondes, je ressentis une espèce de colère, aussi bien contre moi que contre cet intrus ; je lui répondis toutefois poliment :

« Désolée, je recherche des informations sur la mythologie maya et je me suis permis de jeter un coup d'œil à ce livre. Mais il ne contient pas ce dont j'ai besoin et je dois partir. Merci et bonne fin de journée, annonçai-je en rangeant mes affaires et craignant que le séducteur se mette à chercher une excuse afin d'avoir mon numéro (comme c'était prévisible !)

— Cette bibliothèque est riche de manuscrits anciens, surtout bibliques, elle aborde aussi la mythologie des autres civilisations, maya notamment, mais pas de façon complète ; cet ouvrage par exemple n'est qu'une succession de descriptions de chaque divinité et il aborde aussi leur relation avec le quotidien de la vie des mortels. Mais comment comprendre une religion si l'on n'en cherche pas l'origine, le texte le plus ancien connu ? Toutes les religions ont un texte relatant l'origine du Monde et c'est toujours par là qu'il faut commencer avant d'en apprendre plus sur leurs Dieux et rites. Dans le cas de la civilisation maya ; il s'agit du "Popol Vuh", ou "Livre de la Natte" en quiché, la langue du peuple quiché, situé au Guatemala. Le seul manuscrit existant encore, traduit en espagnol, français, anglais et allemand, a été transcrit au début du XVIIIe siècle et conservé à Chicago. »

Ma main ne remettait plus mes effets personnels dans mon sac, elle restait paralysée, tout comme mon visage, absorbant toutes les paroles de mon surprenant interlocuteur. Il venait de me donner des informations précises et qui m'intéressaient particulièrement, d'un air tellement détaché que l'on eut dit qu'il parlait de la pluie ou du beau temps !

Il sentit sans doute à la fois ma surprise et mon intérêt pour ses paroles, car il ajouta, toujours très naturellement :

« La bibliothèque ferme dans dix minutes, n'oubliez pas votre portable qui est sur la table et venez donc continuer cette conversation dans une brasserie du coin ? Je mangerais bien un petit quelque chose, pas vous ? »

Il me prenait complètement au dépourvu, un « Donjuan » qui voulait me parler de mon sujet de prédilection… Oui mais son approche était agréable, me rappelant de ne pas oublier mon téléphone et m'invitant à dîner sans pression ni insistance.

« Tu es en terrain ami, cet homme est passionné par la même chose que toi ; laisse-toi embarquer dans l'aventure sans te poser de questions », me dit une voix intérieure.

La méfiance et la retenue disparurent en même temps, d'un coup de baguette magique, je me levai, plongeai un regard souriant et engageant dans ses yeux profonds et lui rétorquai :

« J'allais vous le proposer… »

Je sentis son étonnement et joie à la fois et nous partîmes, ensemble, l'impression déjà de flotter sur un nuage… Impossible de me souvenir du trajet, encore une fois ! Étais-je amnésique ? Avions-nous pris un bus, le tramway, avions-nous marché ? C'est tout de même incroyable que je ne m'en souvienne plus !

Peu importe, l'essentiel est bien là dans ma mémoire et mon cœur pour toujours : tu t'appelais Arthur, tu avais 43 ans, tu étais apparu tel un grand rayon de soleil dans mon existence, redonnant des couleurs à tout ce qui m'entourait et couvrant d'un baume les blessures du passé ; tu es très vite devenu ma force et ma raison de vivre, tu as fait de ma vie un paradis et m'as redonné l'espoir. Je t'aime et t'aimerai jusqu'à la fin des temps.

Déjà, je buvais ses paroles au café où nous fîmes connaissance :

« Je suis passionné de civilisations anciennes, je les ai étudiées à l'Université même si après je me suis dirigé vers la comptabilité, comme mon père. J'ai toujours gardé cette passion pour les peuples ancestraux, et je connais très bien le "Popol Vuh" que j'ai lu en français et en anglais. »

Son élocution était fluide, douce, son charme naturel et ses gestes lorsqu'il utilisait fourchette, couteau, serviette, ou qu'il servait de l'eau dans nos verres dénotaient une grande confiance en lui. Et pourtant ses paroles et attitude étaient humbles, pas de vantardise, rien de déplacé, très naturellement il m'exposait son savoir sans me questionner sur ma vie privée, afin de me mettre à l'aise. Et il y parvenait.

« Il y a certaines ressemblances avec la Cosmogonie biblique. Du néant originel, les Dieux décidèrent de créer le Monde, de le rendre matériel et de le peupler de créatures afin d'être adorés. Après la création de la Terre, des montagnes, de la flore et de la faune, ils créèrent les premiers hommes à partir de la glaise. Ce premier essai étant infructueux, une seconde tentative fut effectuée à partir du bois, mais ces hommes s'avérèrent frivoles, vaniteux et paresseux. Les Dieux les firent donc disparaître par le moyen d'un déluge ; ils périrent ou devinrent des singes. À la fin, dans une ultime tentative, ils façonnèrent les hommes à partir du maïs et la race humaine trouva là sa substance définitive.

— Des hommes transformés en singes… la race humaine créée à partir du maïs… J'ai de quoi écrire de belles histoires pour les enfants…

— Tu écris des histoires pour les enfants ?

— Oui, des petits contes éducatifs pour les écoles de mon quartier. »

Et nous continuâmes à nous découvrir ; une fascination mutuelle naissante et prenant force ; rien à voir avec un dragueur du dimanche, tu étais un vrai gentleman et tout était agréable près de toi.

Je ne sais combien de temps nous discutâmes, mais sans doute plus que de raison et nous évadant totalement de la réalité puisque nous fûmes soudainement interrompus par le serveur, au moment où nous étions en train de rire en savourant de délicieux macarons au citron. Ce serveur avait quelque chose de familier dans le regard, comme l'impression de le connaître, de l'avoir déjà croisé, son regard était très doux :

« Monsieur, Madame, je suis désolé mais vous ne pouvez pas rester, il faut partir. »

Sa voix me saisit également… mais… c'était la même que celle de l'inconnu croisé dans le couloir de la Maison d'Éditions et je reconnaissais son regard aussi ! Comment pouvait-il exister une telle ressemblance ? Était-ce la même personne ? Son frère jumeau ?

Le temps, à nouveau, « s'accéléra » et je me retrouvai dans les bras d'Arthur, le seul endroit du monde où la vie commence et prend son sens. La seule et vraie expérience de bonheur total ; oui, ça existe, la connexion et la symbiose parfaite entre deux êtres. Enfin, je pus vivre et expérimenter ce que signifiait mon mot préféré : harmonie. Je ne pensais pas que j'allais pouvoir connaître l'amour à nouveau et avec Arthur, ce n'était pas que de l'amour, c'était une évidence.

Le rythme des jours et des nuits changea complètement, le temps s'accéléra, puis ralentit, il s'arrêta même par moments et parfois, il fit des bonds : notre amour naissant semblait provenir de l'éternité, avoir un écho dans le ciel, dans le passé, dans le futur et raisonner sous terre. Un amour plein.

Nos existences se croisaient, s'unissaient, de plus en plus régulièrement, alternant devoirs et obligations professionnelles chacun de notre côté et retrouvailles romantiques ensemble. Arthur connaissait la culture et la civilisation préhistorique sur le bout des doigts ; nous décidâmes de louer pour un week-end un petit gîte en pierres et jolies poutres de bois, à la lisière d'une forêt regorgeant de richesses et légendes anciennes afin de la découvrir et de voir un temple néolithique qu'elle renfermait. Là, il m'apprit tout des anciens bâtisseurs de mégalithes et de leur art. Me balader en forêt avec lui, main dans la main, éveillait mes sens, ma connexion avec l'éternité ; sa présence était si parfaite, tout le temps ; toujours une attention, une anecdote à me raconter, un rêve à me transmettre ; il était magique.

Errant, humant les senteurs boisées, écoutant le chant d'un ruisseau, le son flûté des oiseaux, nous recueillant devant ces blocs de pierres gigantesques, je me sentis enfin à ma place : avec lui. Le temps se ralentit pour nous permettre de savourer au mieux ce lieu ancestral. Nous nous perdîmes, un peu au début, puis complètement à la fin, sur le chemin du retour ; nous retrouvâmes notre chemin dans les rires et le soulagement. Il semblait que l'on nous « jouait des tours », et nous, nous en riions, comme des enfants ; ce gîte était sans doute « habité » ; la douche devint écossaise plusieurs fois sans prévenir, les chauves-souris se mirent à nous frôler dangereusement et à nous effrayer lorsque nous décidâmes de passer un moment sur la terrasse. Des rires et de l'amour, beaucoup d'amour.

« Arthur, mon trésor, dis-moi, avec quoi t'a-t-on fabriqué ? Quels matériaux ? Se sont-ils trompés lors de ton élaboration et ont-ils mis plus de choses que prévu ? Tu es tellement merveilleux dans tous les domaines…

— Oui ma chérie, me répondit-il en éclatant de rire et me faisant rire à mon tour, il se trouve que l'on m'a mis trois yeux, quatre oreilles, deux nez… »

Je ne pus m'empêcher de l'imaginer avec tous ces membres en plus et s'en suivit un fou rire incontrôlable des deux côtés ;

quels instants merveilleux, Arthur était la vie, un arc-en-ciel après la pluie.

J'eus envie d'en parler à Léonie, un jour au travail ; j'allais retrouver mon amour ce soir-là pour une petite balade en bateau sur la Seine, j'étais heureuse et cette joie qui m'envahissait crescendo au fil des heures me dépassait, je voulais la transmettre. Léonie me devança ; elle m'observait avec attention depuis quelque temps et je crois qu'elle devinait que l'amour avait frappé à ma porte. Elle-même ayant arrangé sa situation familiale en mettant un peu d'eau dans le vin de sa liberté, elle était moins préoccupée et plus attentive à son entourage.

« Je trouve que tu es radieuse en ce moment… Aurais-tu par hasard croisé un prince charmant ? me lança-t-elle directement avec un clin d'œil que j'aperçus à travers son masque de protection.

Elle ne vit pas mon sourire, puisqu'à ce moment nous réalisions un soin de conservation sur feu Madame Paz, et nous portions toutes les deux un masque ; mais elle était fine, avait un sixième sens et comprit que je parlais avec l'émotion la plus authentique qui soit :

— Plus qu'un prince charmant, j'ai rencontré la perfection et le soleil de ma vie.

— Je le savais… Tu es très secrète mais j'arrive à percer tous tes mystères, ma chérie ; alors pour me récompenser de ma perspicacité ; tu me dois des confidences ! Je veux tout savoir ! Quel âge a-t-il ? Comment s'appelle-t-il ? Que fait-il ? Comment embrasse-t-il ?

— Je ne sais pas si tout ceci va intéresser Madame Paz ; tu ne préfères pas que l'on en parle tout à l'heure, à la pause ?

— Oh mais je crois qu'au contraire, Madame Paz, bien qu'elle ait vécu 98 ans, a dû conserver un cœur de jeune fille et je suis sûre que c'est une conversation qui l'enchantera. »

Nous avions l'habitude, Léonie et moi, de converser avec nos défunts, de les inclure dans nos confidences, ceci était très naturel. Cette fois-ci, nous étions en train de parler amour, avec une défunte, tout en lui injectant du formol ; la routine pour nous.

Une heure plus tard, attablées à une minuscule table ronde du fast-food le plus proche de la chambre funéraire, nous mordions dans nos cheeseburgers et Léonie se régalait en plus de mes secrets… Il faut dire que j'étais une femme très réservée, je n'aimais pas parler de moi ; je n'en ressentais pas le besoin, j'étais pudique et n'aimais pas exposer ma vie intime et privée, ni même à une amie. Néanmoins, Léonie était tellement drôle à me regarder, les yeux avides et brillants comme ceux d'une petite fille devant une vitrine de poupées ; elle attendait des détails comme on attend d'ouvrir ses cadeaux le jour de Noël : impatiente et pleine d'illusions. Je lui offris donc, par amitié, quelques révélations…

« Il s'appelle Arthur, il a 43 ans, il habite Paris aussi ; il est banquier mais c'est un aventurier dans l'âme ; il a étudié les Civilisations Anciennes et est un passionné ; il a également beaucoup voyagé. Comment embrasse-t-il, veux-tu savoir ? Je crois que je ne peux pas le définir ; ces baisers ne sont pas de baisers ; ce sont des “connexions” : il me connecte avec tout l'univers et avec toute la puissance de la nature lorsqu'il m'embrasse. Ses baisers sont devenus le sens de ma vie ; sans eux, j'ai l'impression de manquer d'oxygène ; avec eux, je me sens les pieds sur terre et la tête dans les étoiles ; je n'ai besoin de rien d'autre pour être heureuse…

Léonie m'écoutait, ébahie ; elle m'avait vue toujours si sérieuse, froide presque ; ça devait lui faire un choc de m'entendre dire des choses pareilles. Elle s'affala en arrière sur son siège.

— Oh waouh, mais c'est une vraie passion ! Comment l'as-tu rencontré ?

— À la bibliothèque, nous avions besoin du même livre figure-toi ; lui par passion pour la civilisation maya et moi pour mes recherches en vue de composer la collection histoire et culture de mes livres pour enfants. Il m'a expliqué avec talent et beaucoup de connaissances les origines de cette civilisation, leurs dieux, leurs rites : c'est ainsi que nous avons fait connaissance. D'ailleurs, lorsqu'il me parlait, je me demandais s'il n'était pas lui-même un Dieu, le Dieu du Soleil Maya, "Kinich Ajaw" tant son regard est merveilleux et solaire ; il est si beau, agréable, doux et sûr de lui. J'ai lutté pour ne pas tomber amoureuse trop vite ; pour me protéger de la souffrance et de l'abandon ; mais son amour, celui qu'il m'offre au quotidien réussit petit à petit à faire tomber toutes mes défenses ; il est exceptionnellement attentionné. Ce week-end, nous avons passé des moments idylliques dans un gîte en forêt ; tout était parfait et il y avait même de la magie dans l'air…

— Ce week-end, dis-tu ? Tu ne veux pas dire le week-end précédent plutôt ?

— Non, non, c'était ce week-end, il y a quatre jours, comment l'oublier ? »

Le regard de Léonie changea ; elle devint plus sérieuse. Elle se mit à siroter son soda tout en continuant à me regarder ; silencieusement cette fois-ci. Je ne compris pas ce changement d'attitude ; on eut dit que mes confidences ne l'intéressaient plus et qu'elle était sur une autre planète. Elle m'inquiétait un peu à vrai dire, elle avait déjà oublié l'incendie que je lui avais pourtant expliqué assez en détail, et là, elle semblait incapable de maintenir son attention sur un sujet qui pourtant la passionnait une minute auparavant ! Son regard fixa le mien, avec une inquiétude évidente :

« Ce week-end, tu étais d'astreinte et tu as embaumé feu Monsieur Morel ; je suis venue t'aider dimanche matin car l'embaumement avait lieu au domicile de son ami Didier et il te fallait de l'aide pour apporter tout le matériel ; tu ne t'en souviens plus ? »

Un frisson glacé me parcourut, et pour la première fois je me sentis totalement désorientée… Léonie, très attentionnée, me raccompagna jusqu'au laboratoire et me fit lire la fiche-patient de M. Morel : dessus figurait la date des soins de conservation ; il s'agissait bien du week-end précédent ; les soins prodigués et les noms et signatures des deux agents d'astreinte : les miens et ceux de Léonie… C'était noir sur blanc.

Je devais être livide car Léonie détendit l'ambiance :

« Mais ne fais pas cette tête, ma chérie ! Tu sais le nombre de fois où j'oublie des choses ? Hier, j'ai failli oublier d'aller chercher mes enfants à l'école, franchement c'est grave ! Et elle éclata d'un rire contagieux qui tint bien son rôle : je commençai à me détendre.

— Allez, ce n'est rien ! Tu iras voir le médecin et tu lui diras qu'il te prescrive des vitamines et un peu de repos ; sans t'en rendre compte, tu t'es peut-être laissé surmener et ton coup de foudre arthurien n'a rien arrangé à ton manque de sommeil, ajouta-t-elle avec un clin d'œil… Mais au fait ? Tu ne dois pas le voir tout à l'heure ton prince charmant ? Allez cours te préparer et file, Cendrillon, avant de te retrouver en haillons ! conclut-elle, me poussant en riant vers la sortie. »

Si son intention était de m'ôter mes angoisses, elle y était presque parvenue ! Je n'eus plus qu'une idée en tête : me faire belle et rejoindre mon amoureux ! Mon haut à dentelle blanche qui mettait mon décolleté en valeur, pantalon noir, sandales assorties au haut, un maquillage léger, lunettes de soleil, cheveux au vent et parfum ; une heure plus tard, je marchai vers mon destin, mon homme ; je l'aperçus au loin, lumineux, charismatique, calme et à l'avance, comme toujours. Arthur portait un polo vert qui mettait tout son visage en valeur et qui symbolisait la gaieté et la joie qui le caractérisaient.

Après une séance de baisers assez difficile à stopper, nous nous dirigeâmes vers notre embarcation : une vedette tout en bois, à la cabine élégante et confortable, rien que pour nous, avec deux matelots à notre disposition. Une escapade de plaisir sur la Seine ; on nous servait du champagne et des amuse-bouche tout en voguant sous les jolis ponts de Paris. Quel moment inoubliable ; pendant que je rêvassais la tête en arrière, admirant le ciel et les structures des constructions sous lesquelles nous glissions, Arthur me faisait rire avec des plaisanteries et blagues raffinées ; cela le rendait encore plus irrésistible. Le temps ralentit, s'arrêta même. Dans mon cœur et mon âme, cette balade sur l'eau marqua mon union définitive avec lui ; je sentais que je me trouvais en présence de mon futur mari. Trop tôt pour l'exprimer, ou même y penser mais… le cœur pressent toujours un peu à l'avance…

Quelques heures plus tard, alors que nous nous aimions passionnément à l'appartement du parc Monceau, riions de tout et échangions des paroles d'amour entrecoupées de longs baisers, une légère angoisse, comme un voile, revint régulièrement à mon esprit. Impossible à chasser ; cela revenait sans cesse. Dans ce moment si doux où j'étais dans les bras de mon tendre amour, cela me taquinait, ne me laissait pas en paix, ne me laissait pas profiter pleinement de ma joie : ce fut plus fort que moi, j'abordai le sujet de mon amnésie :

« Arthur, mon chéri, as-tu aimé notre escapade en forêt ? C'était vraiment magique…

— Oui mon ange, comment l'oublier ? C'était parfait, j'étais avec la femme parfaite dans un cadre mystérieux et chargé d'histoire, que demander de mieux ? susurra-t-il, m'enveloppant de ses bras chauds.

— C'est passé si vite ! J'ai l'impression que c'était il y a quatre ou cinq jours ; alors que c'était la semaine d'avant, le temps fait des bonds parfois quand je suis avec toi… hasardai-je en observant discrètement sa réaction.

Il se mit à rire. Un rire qui cessa lorsqu'il vit que je restais sérieuse et légèrement angoissée. Il tourna son regard vers moi et me fixa en me caressant les cheveux :

— Ma petite chérie, aurais-tu bu trop de champagne ? Ou bien tu veux me jouer un tour ? Tu sais bien que c'était au printemps, au mois d'avril, ça fait plusieurs mois, dit-il en riant à demi.

Le sentiment qui m'envahit à ce moment-là fut si terrible, indescriptible, comme une profonde désorientation, un début de panique, moi qui pensais avoir rencontré Arthur à la fin de l'été, mais que se passait-il ? Que m'arrivait-il ?

Je ne pus que me redresser, m'asseoir et éclater en sanglots en cachant mon visage dans les mains, tout en balbutiant sous son regard effaré :

— J'ai l'impression que le temps se distorsionne et de ne plus être dans la réalité… »

Laura s'était assoupie. Mistigri contre elle. Rassurée depuis qu'elle avait un être sans défense dont elle devait prendre soin, elle s'était dirigée vers le lit, dans cette pièce qui commençait à devenir familière et dont elle commençait tout naturellement à prendre possession.

Un cliquetis et un grincement retentissant la firent se réveiller en sursaut. Son sauveur était là, à nouveau. Enfin. Mais il était seul…

« Tu n'es pas avec Papa et Maman ? »

La lumière extérieure commençait à percer à travers la lucarne. C'était curieusement une lumière blanche, très blanche, un peu comme lorsqu'il neige. Et elle put enfin dévisager son sauveur : difficile de décrire son visage ; c'était surtout son regard qui était visible, un regard extrêmement bienveillant et aimant, « comme le regard de la Vierge Marie », pensa la fillette…

Il portait une large tunique beige, serrée par une cordelette à la taille, et avait une barbe plus longue que celle de Papa. Laura n'avait plus peur de lui ; cet univers lui semblait de plus en plus familier et son cœur avait décidé que ce monsieur était son ami.

« Ma petite Laura, je n'ai pas pu faire venir tes parents jusqu'ici ; je suis désolé ; je vais te demander un petit effort et tu vas me suivre dehors…

— Je veux voir mes parents ! éclata-t-elle en sanglots.

— Tu vas les voir, je te le promets. Je vais toujours jusqu'au bout de mes missions. Fais-moi confiance ; quand tu me regardes, je sens que tu me fais déjà confiance. Je suis chargé de guider et protéger les petites comme toi, perdues. Tout ce que tu dois faire c'est me suivre ; nous risquons de marcher un moment mais je vois que tu as repris des forces.

— Les images des petites filles qui sont sur le mur sont celles que tu as aidées avant moi ?

— Oui, exactement. Je reçois d'abord leur portrait en photo, leur nom, leur histoire, et je suis chargé de les aider…

— Alors tu es un policier peut-être ? Ou un sapeur-pompier ? Comment tu t'appelles ?

— Pas exactement ma petite, mais tu peux penser que je suis un sapeur-pompier si tu veux.

— Et Mistigri ? Tu l'as aidé aussi ?

— Mistigri ?

— Oui, le petit chat qui vit ici…

Tout en prononçant ces mots, Laura toucha la petite boule sur ses jambes, la tâta, et découvrit avec étonnement qu'il s'agissait seulement du chiffon qui avait servi de bandage.

— Où est-il ? Attends, il doit être sous le lit.

Et la fillette chercha, chercha et chercha encore… Sous les meubles, à l'intérieur des placards, dans les recoins ; elle l'appela à maintes reprises sous le regard patient et compréhensif de son sauveur. Ne comprenant plus rien, elle éclata de nouveau en sanglots.

— Mais où est-il ? Il s'est peut-être échappé quand tu as ouvert la porte ? Oh non… Mistigri…

Elle était inconsolable et se jeta désespérément dans bras de son ami qui la serra contre lui avec tendresse.

— Tout va bien, mon enfant ; tu avais besoin de compagnie ; tu étais seule et abandonnée et ton esprit a eu recours à Mistigri pour combler ce manque affectif ; sois courageuse et viens avec moi ; tu ne le regretteras pas… »

Et ils sortirent.

Laura ne reconnut pas l'environnement qu'elle avait perçu à leur arrivée ; pas d'arbres, pas de lisière de bois, pas de route, mais un chemin caillouteux en douce pente descendante et un ciel inondé de lumière blanche apaisante ; il faisait bon se laisser aller à descendre ce sentier tout en s'imprégnant de la tendre luminosité et des chants d'oiseaux, bien que cachés.

Elle n'eut plus peur, ni de l'endroit inconnu, ni de ne plus voir ses parents ; cette merveilleuse lumière et le regard si bienveillant de son protecteur commençaient à suffire à son bonheur. Elle n'avait même plus l'impression d'être une enfant ; comme si la sagesse l'imprégnait au fur et à mesure qu'elle parcourait ce chemin.

Arthur ne me lâchait plus ; comme une maman protectrice, il m'appelait tous les jours, inquiet, et souhaitait m'accompagner au rendez-vous que je m'étais enfin décidée à prendre, chez le psychiatre.

Quel homme prévenant, à chaque fois que nous nous voyions il avait de nouvelles blagues à me raconter. Il voulait vraiment dédramatiser la situation et me faire rire ; il ne voulait que mon bonheur, je me sentais vraiment aimée et c'était si doux et bon, malgré les angoisses qui m'envahissaient de plus en plus.

La veille de mon rendez-vous, j'eus une discussion franche avec lui :

« Arthur, mon chéri, nous passons des moments merveilleux ensemble et tu es la plus belle chose qui me soit arrivée. Le pire qu'il puisse advenir à présent, serait que je devienne un poids pour toi ; c'est absolument hors de question. Promets-moi que si la situation ne s'améliore pas et que j'ai des pertes de mémoire et de repères de plus en plus importantes, tu me permettras de te rendre ta liberté.

Mon bel Arthur plongea son regard de Dieu du Soleil dans le mien ; je sentis mon cœur se réchauffer, il m'attira doucement à lui, me prit contre sa poitrine ; me serra, me caressa les cheveux sans dire un seul mot pendant quelques minutes délicieuses où je me laissai aller à recevoir cette tendresse, comme une enfant. Il m'écarta avec douceur de lui, prit ma main et m'amena au salon où il s'installa dans le fauteuil et m'attira sur ses genoux où je pris place pendant qu'il m'enveloppait de ses bras :

— Ma Princesse, nous avons vécu une année merveilleuse, pleine de rires, de magie et de joie ; à mes yeux, tu es la femme parfaite ; oui, je veux prendre ma liberté : mais uniquement avec toi ! Je veux que nous soyons libres, ensemble, pour toujours. Nous allons te libérer de ce fléau qui te torture et t'angoisse ; nous verrons tous les médecins du monde s'il le faut, puis nous nous marierons et je serai l'homme le plus heureux du monde car libre d'être avec la femme que j'ai choisie.

Des larmes montèrent à mes yeux, j'étais comblée ; Arthur était un homme solide à qui les difficultés ne faisaient absolument pas peur : le destin était généreux avec moi et m'offrait le plus merveilleux des partenaires… Le visage en larmes, je riais en même temps :

— Est-ce une demande en mariage ?

— C'est une promesse ma Princesse, j'aurai le temps d'organiser une vraie demande en mariage, digne de toi, très bientôt. »

Nous passâmes la soirée et toute la nuit dans les bras l'un de l'autre ; notre connexion était toujours si extraordinaire ; un vrai miracle.

Le lendemain matin, un arôme de café et de pain grillé me fit ouvrir les yeux avec un sentiment de réconfort. Arthur n'était plus dans le lit ; je me dirigeai vers la cuisine où m'attendait un petit déjeuner sur un plateau avec un mot : « Prends des forces, ma chérie ; je suis parti plus tôt au travail pour avancer mes dossiers ; on se rejoint à 11 h devant le cabinet médical, je t'aime. »

Sur le balcon où je me réveillais grâce aux gorgées de café, le regard perdu dans le paysage ; plusieurs sentiments se bousculaient en moi ; j'aimais Arthur de tout mon être et je voulais être sa femme ; c'était comme une pré-demande qu'il m'avait faite la veille et je sentais des transports de bonheur m'envahir, une sensation vraiment merveilleuse. Cette sensation se heurtait à une autre impression, une angoisse ; celle de dépendre d'un mari qui s'occuperait de moi par obligation, par devoir et compassion.

Ces pensées furent interrompues par trois corbeaux qui vinrent se disputer la fin de ma tartine beurrée, directement dans mon assiette, à quelques centimètres de moi, dans des croassements terribles et me glaçant d'effroi. Mais comment ces oiseaux pouvaient venir si près, si bruyamment et ne tenant aucunement compte de ma présence ? Cela arrivait de plus en plus souvent !

Je mis quelques instants à me remettre de cette irruption brutale et je me décidai à filer dans la salle de bains me préparer.

10 h 30 : Je quittai l'appartement du parc Monceau ; lieu de tous mes souvenirs heureux d'enfance avec mes parents, lieu de deuil et de passage à l'âge adulte sous la protection de ma grand-tante Marie, lieu des premières amours avec Djeff que je n'oublierai jamais, et temple de mon bonheur avec l'homme de ma vie : Arthur.

Un étrange sentiment s'emparait de moi en descendant les marches tapissées de l'immeuble ; comme une nostalgie ; était-ce l'appréhension de ce qu'allait me dire le psychiatre ? J'avais seulement à remonter l'avenue Ferdousi, puis l'avenue Ruysdaël en traversant le parc. Nous étions au début de l'automne et malgré le soleil, un vent froid semblait vouloir s'engouffrer de partout et traverser les fibres de mon foulard et ma veste ; il faisait virevolter les feuilles jaunes, leur donnant un dernier semblant de vie avant qu'elles ne retombent au sol… définitivement mortes.

Chaque pas me semblait lourd et pourtant je marchais vite, mais cette angoisse d'aller vers l'inconnu enterrait ma légèreté ; j'avais peur et ma seule hâte était de retrouver Arthur à l'adresse où nous nous étions donné rendez-vous. Comme à son habitude, il était à l'avance, devant la pancarte dorée indiquant le nom de l'association de psychiatres ainsi que l'étage et la porte pour chacun. C'était devenu mon pilier ; ma raison de m'accrocher sans cesse à la vie ; il ne faillait jamais à ses engagements.

Il m'étreignit tendrement :

« Veux-tu que je t'accompagne à l'intérieur, ma chérie ?

— Non, je préfère y aller seule, merci d'être venu mon amour, mais ne manque pas plus longtemps ton travail ! Retournes-y, je t'appelle dès que c'est terminé et on se retrouve ce soir chez moi ?

— J'ai pris le reste de ma journée ; je t'attends au café au bout de la rue ; j'ai tout mon temps ma chérie aujourd'hui ; appelle dès que c'est fini et nous rentrerons ensemble. Tout ira bien… »

Quelle chance d'avoir un amoureux si prévenant, je lâchai sa main, lui souris en acquiesçant de la tête et sonnai à l'interphone. Au moment où le signal sonore indiquait le déverrouillage de la porte et que je la poussai, je me retournai pour voir mon Arthur s'éloignant d'un pas tranquille. Une peur déraisonnée de ne plus le revoir traversa furtivement tout mon être. J'ignorai cette peur inexplicable et enjambai définitivement le pas de cet immeuble ancien.

Ami lecteur, avez-vous déjà vécu l'expérience du « flash-back », l'impression de « déjà vu » ? Certains l'attribuent à des souvenirs de nos vies passées, mais l'explication la plus rationnelle et scientifique est une altération du fonctionnement de la zone du cortes rhinal, situé sous l'hippocampe au cœur du cerveau ; une sorte de « panne » cérébrale qui empêche de détecter la nouveauté.

J'en avais déjà vécu quelques-uns le long de ma vie ; or celui que je m'apprêtais à vivre à ce moment-là était de loin le plus incroyable de mon existence ; une impression de « déjà vu » alors que vous, lecteur, vous apprêtez à vive une expérience de « déjà lu »...

Lorsque la porte se referma derrière moi, je me trouvai en un instant plongée dans l'obscurité et le silence et je pus percevoir alors cette fraîcheur de pierre noble qui diffusait dans l'immeuble sa froide humidité.

« Où se trouve la porte ? » pensai-je... Je cherchai à tâtons un interrupteur ; la luminosité avait été si forte à l'extérieur que je n'y voyais absolument rien ; j'essayais de forcer mes pupilles à s'adapter rapidement, je fermai puis rouvris les yeux à maintes reprises, non, rien à faire, je ne distinguais ni les portes, ni les murs, rien...

« Il va bien falloir que je trouve un interrupteur... Mon portable ! Il va m'éclairer... Oui, il est dans mon sac... »

Je le déverrouillai, apercevant la si belle photo en fond d'écran d'Arthur et moi navigant sur la Seine, et je mis en marche la fonction « lampe torche »...

Ce qui se dessina alors sous mes yeux ébahis me laissa perplexe, interdite, hébétée : je n'y comprenais plus rien, au lieu de me trouver dans ce qui aurait dû être une entrée, un couloir, j'étais carrément à l'intérieur d'une habitation ! Mince ! J'avais dû me tromper de porte principale ; pourtant j'avais bien lu les pancartes dorées qui indiquaient les psychiatres associés...

Ou alors leur cabinet médical était un appartement en accès direct depuis la rue ? Non, impossible, j'avais dû me tromper quelque part. Il était inacceptable que je me trouve chez quelqu'un, je n'avais absolument pas envie de voir débarquer une personne affolée pensant que j'étais entrée chez elle par effraction. Je fis demi-tour. Mais derrière moi, il y avait un mur. Orientant le faisceau de mon portable un peu dans toutes les directions je m'aperçus (sans que mon sens de l'orientation ne l'accepte) qu'il n'y avait qu'une porte pour sortir et qu'elle se trouvait à l'autre bout. Elle ne semblait pas être celle que j'avais franchie à l'aller… Peu importe, il fallait que je sorte de là ; ce n'était pas un cabinet médical de toute évidence mais une pièce ou un lieu de vie abandonné, il y avait deux meubles en bois anciens et détériorés, une table au milieu, et un lit sans oreiller ni draps, uniquement un matelas… Mon pied marcha sur quelque chose de désagréablement mou : avec mon éclairage, je vis que j'avais écrasé des biscuits renversés au sol avec leur paquet.

Cette porte n'avait pas de poignée.

Elle semblait être en bois aussi, je la poussai, à plusieurs reprises, plusieurs fois de toutes mes forces, en vain… je cherchai à comprendre par quel mécanisme elle pouvait s'ouvrir de l'intérieur mais il n'y en avait visiblement aucun… Elle était comme verrouillée de l'extérieur, il n'y avait même pas de serrure où j'aurais pu introduire un objet fin afin de tenter de la forcer, rien, aucune prise. Dirigeant mon faisceau minutieusement vers chaque côté, chaque recoin, chaque mur de cette pièce unique, j'eus l'angoisse de découvrir qu'il n'y avait aucune autre issue. Seulement une lucarne minuscule au plafond et ne donnant visiblement pas sur l'extérieur puisqu'aucune lumière de jour ne la traversait. Mais par où étais-je entrée ? Toutes mes pensées se bousculaient et ne me permirent aucun raisonnement censé.

Une sueur froide me parcourut, le stress augmenta, ainsi que ma respiration et les battements de mon cœur, je sentais que mon corps entrait en panique.

« Du calme, du calme, peut-être est-ce mon cerveau qui me joue des tours ? Je vais respirer doucement, m'asseoir sur ce lit et tenter de rassembler mes esprits. »

Mais la panique était latente ; je ne savais plus si j'étais dans la réalité, quelle sensation terrible… Je déverrouillai l'écran du téléphone, désespérée, avec les larmes qui commençaient à couler sans pouvoir les contrôler et composai le contact « Arthur » nerveusement. Aucun son, aucune tonalité, rien. Il n'y avait aucune barre de réseau dans ce lieu étrange.

Un étau indéfinissable, intérieur, se resserra et comprima ma poitrine en même temps ; je réalisai que j'étais enfermée, et dans un endroit sans réseau pour téléphoner ; je crois que je ressentis la claustrophobie à cet instant précis ; je me mis littéralement à paniquer ; à ne plus réussir à prendre de l'air pour respirer…

« Je suis enfermée ! Quelqu'un m'entend ? » cria ma voix étranglée tandis que je donnais des coups à la porte.

Seul un silence sinistre ponctué de cognements à tout rompre de mon cœur dans ma poitrine me répondirent.

Je réitérai mes appels au secours à la porte plusieurs fois avant de finir par me laisser glisser le long de cette porte et m'asseoir sur le sol, sanglotant et tentant de réfléchir posément à la fois.

« Calme-toi, Arthur s'apercevra de ton absence au bout d'un moment et il partira à ta recherche, où que tu sois », me répétai-je obstinément.

Les trois dernières journées avaient été longues pour les quatre filles de Madame Lenôtre : de démarches administratives en préparatifs divers et le cœur alourdi par le deuil, elles avaient organisé les funérailles de leur maman, soudées, s'étant réunies pour quelques jours malgré la distance qui les séparait habituellement.

Se retrouver toutes les quatre dans le lieu de leur enfance, où se trouvaient tous leurs souvenirs heureux était un baume pour les cœurs attristés. Pendant que leurs enfants s'occupaient ensemble entre cousins, et que les maris ou compagnons aidaient et assistaient, elles conversaient, à la manière de quand elles étaient plus jeunes.

« Qu'est-ce qu'on va faire à déjeuner ? Les enfants ont faim, il est midi, l'après-midi sera long avec l'enterrement, je vais voir ce qu'il y a dans le garde-manger.

— Non, ne t'inquiète pas, Karim et Marc sont allés chercher des pizzas, ils viennent de m'envoyer un message ; il y a un peu d'attente mais dans vingt minutes ils devraient être de retour…

— Quand est-ce qu'elle va se réveiller Maman ? » prononça une voix pure, interrompant net l'activité ambiante.

Il s'agissait d'Armony ; la quatrième fille qu'eut Mme Lenôtre avec son mari ; une jeune femme de 40 ans qui avait conservé les traits d'un enfant et qui était porteuse d'autisme depuis la naissance. Elle avait fréquenté les écoles spécialisées, les centres de thérapie comportementale, toutes sortes de professionnels du handicap mental depuis toute petite ;

puis sa maman avait décidé de prendre en charge elle-même son éducation scolaire après concertation avec son mari, constatant qu'elle faisait peu de progrès et qu'elle était très malheureuse et fatiguée en collectivité.

L'école à la maison, bien plus adaptée pour Armony, était ponctuée de sorties et découvertes en tout genre, de voyages afin qu'elle découvre le monde et d'amitiés et soutien auprès d'une association dirigée par un homme se rapprochant plus de l'ange que de l'être humain.

Mais au décès de son tendre époux, quelques années auparavant, Mme Lenôtre avait vu ses forces décliner petit à petit et avec Armony elles avaient cherché ensemble un lieu où celle-ci puisse passer les demi-journées, puis les journées, puis la semaine entière. Après de multiples essais infructueux et de longues listes d'attente, elles avaient finalement trouvé un foyer protégé, où Armony pouvait avoir son propre studio, assistée par une éducatrice de l'établissement qui lui rendait visite chaque matin et au sein duquel elle avait fait des amitiés durables et heureuses. Elle travaillait même quelques heures par semaine à l'entretien des espaces verts du centre et elle en était très fière. Les week-ends, elle les passait avec ses parents, puis, à la fin, avec sa maman.

La notion de « mort » était encore incertaine pour elle ; surtout s'agissant de la personne la plus importante au monde pour elle : sa maman. Elle l'envisageait comme un état de sommeil très long et de voyages vers le ciel et l'espace, là où se trouvait selon elle, son papa. Voilà pourquoi elle posa cette question ; au fond d'elle, elle ressentait que sa maman n'allait pas rouvrir les yeux mais elle avait tout de même un doute. Elle ne pleurait pas et ne semblait pas triste comme ses sœurs, mais son cœur était désespéré et elle cherchait, comme elle en avait l'habitude pour tout, une explication à cet événement, et une issue bien précise afin d'être rassurée.

« Viens, lui murmura Hélène, la sœur aînée, la prenant doucement par le bras, on va voir maman ensemble. »

Madame Lenôtre semblait si paisible, allongée dans le lit matrimonial, heureuse même, une tunique blanche et des fleurs dans les cheveux, comme cela avait été son souhait, et avait entre les mains, posée sur son cœur, un cadre photo les représentant elle, son mari et leurs quatre filles, trente ans auparavant.

« Tu vois, elle n'a pas besoin de rouvrir les yeux, car elle se sent tellement bien, elle est avec Papa et ils sont si heureux de se retrouver. Pendant qu'eux sont ensemble, joyeux et nous regardant depuis le ciel, nous, les sœurs, nous resterons soudées ; tu viendras chaque week-end chez l'une de nous, d'accord ma chérie ?

Hélène était très maternelle ; c'était celle qui ressemblait le plus à sa mère.

Armony fit des gestes de contentement avec ses mains pendant un long moment, puis elle déclara à sa grande sœur :

— Oui, mais est-ce que je peux commencer le premier week-end chez toi alors ? Car toi tu as Loupi, le labrador et je l'adore ! »

Madame Lenôtre était paisible, elle cheminait depuis deux jours vers un chemin de lumière blanche qui l'emplissait de sérénité, tout l'amour qu'elle avait reçu ou donné dans la vie la portait, il n'existait rien d'autre que ça ; jamais elle n'avait imaginé qu'elle allait être si bien, tellement bien dans ce passage vers l'autre côté…

L'inquiétude de laisser ses enfants, Armony notamment, l'incertitude de revoir son mari, ses parents, sa famille s'estompait progressivement pour laisser place à une grande confiance en cette lumière qui allait désormais veiller sur ses protégées et qui déjà la rendait paisible et sereine.

« Quelle est cette merveilleuse lumière ? C'est comme une maman, une maman universelle, comme on est bien avec elle… »

Elle s'arrêta dans ce qui semblait être une clairière ; inondée ce cette blancheur bienfaisante et entourée de formes ressemblant à des chênes majestueux. Elle leva les yeux où la lumière était plus forte mais douce en même temps et elle fut parcourue d'un courant d'amour dans tout son corps qui était devenu si léger, léger comme une plume.

« Suis-je devenue un oiseau ? Quel bonheur de flotter dans l'amour… »

Sur ces pensées, elle distingua une chose au pied d'un arbre ; une boule recroquevillée ; son instinct l'amena directement à sa rencontre. C'était une petite fille ! Que faisait-elle là ? Était-elle perdue ?

Elle portait un jean, un mince chandail, les cheveux longs, châtain doré, retombant sur ses menues épaules. Laura leva le visage lentement et ne parut pas étonnée de voir la vieille dame ; elle lui dit simplement :

« Il faut attendre le guide ici, il va bientôt revenir et je vais revoir mes parents… »

Madame Lenôtre, à l'intonation de cette voix aiguë et à la vue de ce visage reçut un choc : c'était elle-même 80 ans auparavant !

Enfermée dans cette pièce depuis des heures, l'esprit désorienté et sonné par cette aventure inexplicable, je m'étais assoupie dans une espèce de torpeur éveillée, me convainquant que tôt ou tard, quelqu'un viendrait me libérer.

Un coup d'œil à mon portable m'indiqua qu'il n'y avait toujours pas de réseau et désormais l'icône de la batterie clignotait ; elle allait bientôt s'épuiser, malheureusement. Par chance, une lueur commençait à traverser la minuscule lucarne au plafond… De la lumière claire, était-ce la lumière du jour ? Alors, il se pouvait qu'elle donne sur l'extérieur ? Le portable, dernier lien matériel avec mon existence, mes photos, mes numéros, mes contacts, mes messages, surtout ceux d'Arthur, s'éteignit définitivement.

Je fermai les yeux, j'avais désespérément besoin de lui, il me manquait tellement…

Quelques instants plus tard, je les rouvris, emplis de larmes et étonnés à la fois : désormais, la pièce était parfaitement éclairée par la lumière blanche de la lucarne ! Je distinguais toute l'habitation en détail et les meubles avaient quelque chose de familier, les tapisseries également, mais un détail moins réconfortant attira mon regard : le mur sur le côté. Je m'y approchai pour mieux voir et je fus glacée d'effroi à la vue de toutes ces photos accrochées ; de petites filles, de jeunes filles… Mon cœur sortit brutalement de sa torpeur et se mit à battre plus vite alors que ma respiration devenait saccadée…

« Non ! Ce n'est pas possible ! Je suis enfermée chez un kidnappeur d'enfants, un assassin peut-être ! »

Au même moment, un cliquetis d'ouverture, un craquement de bois ; il était là, sur le pas de la porte.

La lumière blanche était si forte derrière lui que je ne distinguais que sa silhouette ; je n'eus pas besoin de réfléchir ; mon instinct de survie et ma peur guidèrent ma réaction : je lui lançai de toutes mes forces au visage le portable que j'avais encore à la main.

Il s'écarta pour l'éviter, mais j'avais déjà saisi une chaise que j'abattis avec une force herculéenne contre lui ; cette fois-ci, il tomba à la renverse. Je m'enfuis par la porte qui était restée ouverte et courus, courus, courus.

Tout était blanc, mes pupilles ne distinguaient rien d'autre que cette couleur ; j'appelai :

« Au secours ! je viens de m'échapper de chez un kidnappeur qui m'a séquestrée, aidez-moi ! Appelez la police ! »

Peut-être qu'il fallait un moment avant que mes yeux ne se réhabituent à la lumière du jour ; cette blancheur était douce et apaisante, elle finit par me calmer et je ralentis le pas.

La peur et la panique laissèrent place, petit à petit, à un sentiment de bien-être surprenant et incomparable, je ne sus plus si je devais fuir ou non ; j'étais si bien, là, malgré l'étrangeté du lieu et de la situation…

Je me remis à penser à mon « kidnappeur » et un détail m'obséda : son regard doux lorsqu'il était au sol, sous la chaise. Il n'avait émis aucune résistance, c'était curieux tout de même ! Ce regard ne m'était pas étranger, je l'avais déjà croisé, mais où ? La réponse me vint instantanément et miraculeusement : c'était le regard bienveillant que j'avais croisé dans le couloir des Éditions les Trois Pommes, c'était également le regard du sapeur-pompier qui m'avait sauvée de l'incendie et le même regard que ce serveur qui nous avait gentiment demandé de partir de la brasserie, Arthur et moi…

Une évidence s'imprégna alors de mon âme : « Il veut mon bien, ce n'est pas un ennemi. » J'arrêtai de marcher. Il se passait quelque chose qui dépassait l'entendement et la logique. Et il apparut, mon « kidnappeur bienveillant », juste devant moi.

Il n'avait visiblement aucune trace ou blessure de mon attaque ; il portait une tunique, les cheveux et barbe assez longs et son regard était si empli d'amour que je n'eus plus aucun doute : j'étais à ma place, je n'avais plus besoin de fuir. Ma propre voix me sembla lointaine lorsqu'elle lui demanda :

« Qui êtes-vous ? »

Sa réponse résonna en moi, comme si elle franchissait tout mon être :

« Je suis ton ange gardien, Laura Lenôtre ».

C'est alors que je compris enfin que je n'étais plus vivante.

Je sentis des présences autour de moi et tournai la tête : à ma droite se trouvait une fillette et à ma gauche une dame âgée ; elles s'approchèrent et me donnèrent la main chacune de leur côté. Je reconnus en la petite l'enfant que j'avais été et la vieille dame était également moi-même quelques décennies plus tard. Elles me sourirent et fondirent en moi tout en disparaissant…

« Laura Lenôtre, reprit mon sauveur, je suis ton ange gardien, un ancêtre de ta famille et j'ai toujours veillé sur toi. Tu es décédée il y a quelques jours d'un arrêt cardiaque à l'âge de 86 ans et depuis, ton esprit a retraversé toute ta vie, la faisant défiler puis s'arrêtant sur les moments qui t'ont marquée. Seulement, au lieu de les laisser "défiler", il s'est accroché à certains événements importants pour toi ; les revivant plusieurs fois, différemment que dans la réalité, et t'a donné l'illusion que tu étais encore en vie en te plongeant dans la confusion. Voilà pourquoi j'ai été envoyé : afin d'aller te chercher à chacune des étapes où tu t'étais "perdue".

J'écoutais mon ange gardien avec une sérénité grandissante, je me sentais légère comme une plume et reconnaissais son discours que mon âme savait déjà.

— Tu ne t'es jamais égarée en forêt à l'âge de six ans, mais c'est ce que ton cœur a ressenti à la perte de tes parents : l'impression d'être complètement perdue et d'avoir froid. Le jour où ta grand-tante Marie a eu l'excellente idée de recueillir un chaton blessé, Mistigri, tu as retrouvé l'usage de la parole comme par enchantement après deux années de mutisme ; le fait de devoir prendre soin d'un être faible et orphelin comme toi t'avait guérie. Mistigri est l'un de tes bienfaiteurs.

Tu n'as jamais été victime toi-même d'un incendie, mais ton papa, sapeur-pompier, a perdu la vie en tentant de sauver ta maman, prisonnière dans la salle de bains de l'appartement en feu. Ils en sont décédés tous les deux pendant que tu étais à l'école, et ton esprit, traumatisé par cet événement l'a revécu et senti comme si c'était toi.

Jeff, ton premier amour est parti bien avant toi en mourant tragiquement dans une explosion et en te laissant de précieux souvenirs. Quelques années après, tu as rencontré Arthur, l'amour de ta vie, celui qui t'a rendue heureuse pour toujours et avec qui tu as eu quatre adorables filles qui prendront soin les unes des autres, désormais. Tu n'as jamais eu de pertes de mémoires, c'est ton esprit qui te jouait des tours, s'accrochant à revivre chaque moment de bonheur alors que tu n'étais déjà plus en vie. Avec Arthur, vous avez vécu les plus belles années de votre vie ; toujours amoureux comme au premier jour et affrontant tout dans la joie et le bonheur. Lorsqu'il est parti, quelques années avant toi ; tu n'as plus jamais été la même, la lumière de ton regard s'est éteinte pour toujours. Tu as continué la lutte seule, pour Armony surtout, et tu n'as jamais abandonné l'espoir de le retrouver, un jour… »

La lumière blanche se dissipait et laissait entrevoir un paysage paradisiaque, un peu comme le parc Monceau, un magnifique saule-pleureur tombant sur un lac argenté, une explosion de fleurs colorées aux teintes incroyables et variées, exhalant des parfums envoûtants, des chants d'oiseaux divins, des cours d'eau étincelants, ci et là, de vastes prairies d'un vert lumineux, à perte de vue…

Et devant moi : mes parents… souriants, les bras grand ouverts, heureux.

Je me jetai dans leurs bras et savourai ce bonheur intense et indescriptible des retrouvailles. Ma grand-tante Marie s'approcha également, rayonnante et avec Mistigri dans les bras ; ce furent de nouvelles effusions de grand bonheur.

Je perçus une musique joyeuse au loin, derrière une colline, comme des accents tsiganes. J'y allai instinctivement et j'eus sous les yeux la merveilleuse vision d'une grande fête familiale macédonienne. Tout le monde dansait sauf une personne qui s'était arrêtée et me fixait avec tendresse : Jeff. Je me jetai dans ses bras ; j'étais si soulagée de le voir entier, en un seul morceau, après l'accident si violent dont il avait été victime et qui m'avait tellement traumatisée.

« Je t'ai aimé si fort Jeff ; ton départ brutal a été si dur.

— Je le sais ma chérie, moi aussi je t'ai aimée sincèrement, nous avons vécu de très beaux moments ensemble ; regarde, voici mon papa, tu ne l'as pas connu et il voulait te rencontrer, je lui ai parlé de toi.

— Bonjour mon enfant ; dit son papa, venez donc participer un peu à notre fête familiale avant de repartir, vous êtes la bienvenue. »

Je passai de délicieux et magiques instants à danser, rencontrer tout le monde, revoir sa maman et me remémorer avec Jeff nos plus beaux souvenirs.

Jusqu'à ce que je sente un amour intense me parcourir et me faire regarder au loin, à l'horizon… Sur la colline qui semblait être la plus distante se trouvaient quatre bâtiments que je reconnus tout de suite : la Bibliothèque François Mitterrand !

Après avoir fait mes adieux et promis de revenir bientôt à Jeff et sa famille, après avoir embrassé encore une fois mes parents et ma grand-tante que je savais que je pouvais désormais retrouver dès que je le souhaitais ; je filai, ou plutôt je volai, à très vive allure, vers ces bâtiments pleins de souvenirs…

Je n'étais pas encore arrivée à destination qu'Arthur apparut devant moi, majestueux, lumineux, son regard merveilleux de Dieu du Soleil plongé dans mon âme… Notre étreinte fut la plus heureuse, la plus douce, la plus réconfortante de tous les temps.

Nous restâmes ainsi, dans les bras l'un de l'autre, nous transmettant tout l'amour dont nous avions besoin, nous régénérant avec force car nos âmes étaient sœurs. Mon Arthur m'observa tendrement et me demanda :

« Quel est ton souhait, à présent, ma chérie ?

— Je voudrais recommencer notre vie, ensemble, c'était tellement parfait, mon Arthur…

— Eh bien, vos désirs sont des ordres, ma douce Princesse… »

Imprimé en Allemagne
Achevé d'imprimer en février 2023
Dépôt légal : février 2023

Pour

Le Lys Bleu Éditions
40, rue du Louvre
75001 Paris